網路小

Novel@

天很藍，喜歡很深

因為有你對我好，我想變得更完美，成為值得你喜歡的女孩。

Micat 著

不想服輸而說的氣話、不願意示弱的倔強表現，都是因為對你太過在乎
只希望有那麼一天，你的目光，會為我而停駐。

【序】純粹的悸動

這是在某個晴朗的午後，決定要寫的故事。

記得那天的天空，除了有幾朵淡淡的白雲外，還有著好舒服的藍。

當時仰望著沒有邊際的藍色天空，我想起了那種深深喜歡一個人的感覺，於是後來，透過鍵盤，我敲下了這個不只是屬於方聿玲與顏子樂，也同時屬於曾經深深地喜歡過一個人的，我們的故事。

故事中的小聿，是個對很多事情都不熱中、沒興趣的女孩，但在加入學生會，遇見了顏子樂之後，她漸漸找到了熱情，甚至找回了她的活力。

而我想問的是，在進入這個故事之前，此刻看著這些文字的你，生活中是否有那麼一件事情，是能夠讓你認眞而且義無反顧投入的？又是不是有那麼一件事，能夠激起你心中百分之百最純粹的熱情的呢？

也許，在我們爲了課業、爲了工作忙碌之餘，我們可能早在不知不覺中，失去了心底最原始的感動。

《天很藍，喜歡很深》這個故事關於心底最純粹的喜歡，希望你會喜歡，也希望閱讀完這個故事的你，能夠像故事中的小聿一樣，不只是遇見那個喜歡得很深的對象，也能遇見心裡，那股可能因爲忙碌而忽略了的熱情。

最後，一定也要像以往一樣，透過這篇序謝謝好多的人。一樣的，謝謝 Micat 最最親愛的家人、Richard，以及所有在 Micat 部落格、粉絲團、bbs個板，總是給予 Micat 好多鼓勵的網友們，當然，還有看著這篇序的你，謝謝！

Micat

直到後來，

我才發現原來藍色代表的不只是憂鬱而已。

因爲和你一起仰望著的那片天空，

也有著淡淡幸福的藍。

代表了我對你很深、很深的喜歡。

1

「怎麼啦？」

「沒什麼啦！」我聳聳肩，目光從桌上的資料移到喬喬臉上，勉強擠出笑容。

「騙人，我又不是第一天認識妳。」喬喬啐了一聲，裝作不屑地白了我一眼。

我笑了笑，想從包包裡拿出保溫杯，卻發現剛剛去裝水時，竟把保溫杯忘在茶水間裡。

「啊！糟糕！」

「怎麼了？」

「我忘了把杯子拿回來。嗯……會議二十分鐘後才開始，我先去拿好了。」

「那我陪妳去。」不等我拒絕，喬喬很快跟著我站了起來，和我一同走出會議室。

順利拿回杯子之後，喬喬拉著我走到茶水間旁的樓梯口，硬是拉著我在樓梯上坐下，「小聿，妳今天是不是不開心啊？」

我看了喬喬一眼，盯著放在身旁的保溫杯，「唉！我也不想瞞妳啦。其實不是不開心，只是看到每個參加學生會的人都很有熱忱，我……」

「方聿玲！」喬喬瞪大眼睛，伸出手拉著我的手臂，「妳可別說妳後悔囉！」

「我是有點後悔啊……」我嘆一口氣，看見喬喬眼神裡充滿了擔心。

「不管啦！我親愛的聿玲，妳說要陪我參加學生會的嘛，『女子一言，駟馬難追』耶！求求妳別跟我說妳要打退堂鼓啦，拜託……」

「好，」我聳聳肩，「妳放心，再怎麼樣，既然答應妳了，至少這個學期內我不會隨便拋棄妳的。」

「就知道妳對我最好了。」

抿了抿嘴，我笑著說：「事成的話，可別忘了包個大大的媒人禮喔！」

「那有什麼問題，到時候我一定叫學長……喔！叫我男朋友請妳吃一頓大餐。」

「一言爲定。」喬喬臉上開心的笑容，以及整個像極了陷入愛河談戀愛的小女人表情，我看著忍不住笑了出來。

阿至學長是我們系上三年級的學生，也是喬喬的直系學長。我們剛入學時，新生訓練一結束，喬喬參加過和直系學長學姊的家族聚會後，就不停嚷著說她找到大學生活的第一個重大目標——追尋生命中的白馬王子。

喬喬那天的表情，到現在我還印象深刻。

記得那天，聚會結束喬喬回到宿舍，整晚都帶著滿滿崇拜的心情，興奮地形容她口中的「極品學長」。從阿至學長載她前往聚會的餐廳，將近半小時的路程裡聊了什麼話題，到阿至學長多麼溫柔、多麼體貼，在餐廳吃飯時還不忘說到室內冷氣這麼強，問她沒穿外套會不會冷……所有的經過，喬喬全部鉅細靡遺地說了一遍。當時我忍不住懷疑，搞不好連當天學長笑了幾次、笑起來臉上有幾條皺紋，喬喬八成也觀察得一清二楚。我甚至猜想阿至學長是不是下了什麼蠱，不然，喬喬向來自稱記性超差，怎麼能把和學長相處的細節形容得如此仔細呢？

一直以來，我其實不太相信所謂的「一見鍾情」，更別說是那種「第一眼就確定對方是自己想要的人」的浪漫情懷。在我的愛情字典裡，偏執地認爲，現實生活中的愛情，絕對不會有像偶像劇及小說裡的浪漫情節。所以我難免會擔心，喬喬這樣充滿期望，將來會大大地失望，才會不時提醒她別寄望太深。只是，每當看見喬喬臉上的笑容，以及每次她聊起阿至學長的堅定與興奮，原本該站在提醒角度的我，最後竟也矛盾地答應了她的追馬，呃……追學長計畫，甚至還希望她能夠順利地和她口中「百年難得一見」的白馬王子交往，有情人終成眷屬。

「等一下會議開始，妳就可以看到阿至學長了。」喬喬雙手合十，整個人好像又陷入了戀愛的粉紅泡泡裡。

「嗯……」我瞇起眼，用帶有威脅意味的眼神看著喬喬，「不帥的話，妳就麻煩大了，我會立刻告訴學姊我要退出。」

「不可能，阿至學長眞的是人好又帥，不然妳以爲他那些親衛隊是假的啊？」

我挑了挑眉，「看妳的樣子，我還是覺得『情人眼裡出西施』這種可能性比較大。」

「我說眞的！妳待會看見阿至學長就知道了。」

「喔，不過我先跟妳說喔！下學期我可能就會退出學生會，所以現在最重要的是……」

「是什麼？」

「就是快追到妳心目中的白馬王子阿至學長，這樣才不枉費我們用心良苦地加入學生會啊！」我故作曖昧地對喬喬眨了眨眼，還用肩膀撞了一下喬喬的肩，結果動作太大，不小心弄倒了保溫杯，「啊！」

喬喬被我的尖叫嚇了一大跳，目睹保溫杯正從樓梯往下掉，她和我很有默契地同時伸出手想抓住保溫瓶。但最後，我們倆的手也同樣有默契地因爲抓空而停格了〇・五秒的時間。

「我的杯子……」反應過來的瞬間，我看見我的保溫瓶已經「匡啷」、「匡啷」地掉下好幾個台階。我追著它往下跑，嘴裡還不忘喊著，「樓下有人的話，幫我撿一下杯子，杯子……」

「妳小心一點啦！小心！」耳邊聽見喬喬慌張地喊著。

「好！杯子……」我一心只想撿回保溫杯，不管三七二十一，用極快的速度跑下樓。慌亂之際，看見杯子被一個大手撿起的同時，我的腳竟不小心踩了個空，身體不聽使喚地往前撲上去……

腦袋短暫地空白了幾秒，我回過神，才發現原本已經做好心理準備的我，竟然沒有像自己預期的那樣跌到狗吃屎，反而跌入了一個……一個我無法形容的「墊子」上。

嗯，和牆壁比起來，這個墊子沒有那麼硬，但又不像海綿那麼軟。

我摸摸發疼的鼻子，擦了擦從眼眶掉出來的淚水，發現原來眼前的並不是什麼墊子，而是一個寬闊的胸膛，我正不偏不倚地撞在一個人胸前。

「對、對不起。」我趕緊往後退，然後抬起頭，努力擠出笑容，想化解此刻的尷尬。

「沒關係。」被我撞上的人低頭看著我，淡淡地說：「妳沒事吧？」

「沒事。」我下意識地碰了一下自己的鼻子，然後指著他厚實的胸膛，「那、那你應該……沒有內傷吧？」

「沒有。」他冒出簡短的兩個字，拿起手中的保溫瓶，「給妳。」

「呃……」我先是愣了一下，這才想起這個意外的起因，「謝謝。」

「不客氣。」他挑了挑眉，將保溫瓶交到我手裡，便走過我和喬喬身邊，逕自往樓上走去。

「哇塞！小聿，妳知道他是誰嗎？」喬喬連走下兩個台階，表情興奮地走到我面前。

「嗯？」我敷衍地應了一聲。心疼地看著手中的保溫瓶，掉漆之外，瓶身還撞了出大大小小的凹洞。

「方聿玲！」

「啊？」喬喬突然加大音量，將我從心疼與不捨的情緒中拉了回來。

「妳知道剛剛那個人是誰嗎？」

「不知道。」我搖搖頭，看了喬喬一眼，目光立刻移回保溫瓶上。

「他就是會長。」

「學生會會長？」也許是因為好奇，我拋出這個問句時，還微微提高了音調。

「對呀！」喬喬興奮地抓住我的手，「就是我跟妳說過的呀！和阿至學長一起被稱爲學生會兩大帥的會長。」

「會長……」我皺了皺眉，想起同班的一位女同學知道我們要加入學生會時，她也說過學生會會長超帥。

「帥……」我重複了喬喬的話，仔細回想那個人的長相，「呃，還算不錯啦！」

「哪是『還算不錯』而已？」喬喬拉高音調，她的反應突然讓我覺得我好像做了什麼天大大的錯事一樣。

我看了喬喬一眼，一點也不想和她爭辯。

「小聿，妳說這種話，眞不怕被……」

「該不會他也正好有一票親衛隊吧？」

「沒錯。」喬喬誇張地點點頭，「不然學生會兩大帥之一是講假的喔？」

「李雨喬同學，妳是不是偶像劇看太多了？怎麼整天親衛隊東親衛隊西的。」我湊近喬喬，翻了翻白眼，決定丟個超大的難題考驗喬喬，「那我問妳，非要分個高下的話，請問是妳的阿至學長帥呢？還是剛剛那位帥？」

「這個嘛……」

我挑了挑眉，露出一副存心想看喬喬爲難的表情，「怎樣？」

「基於個人立場，當然是阿至學長比較帥，不過，說眞的，子樂學長的粉絲好像比較多一點。」

「粉絲？有沒有這麼誇張？」我吐吐舌頭，「這樣看起來，我們喬喬頗有移情別戀的可能喔！」

「不可能。」喬喬堅定莫名。

「最好……」

正打算回應喬喬時，從樓上傳來學姊的聲音，通知大家會議即將開始，請所有人盡快回到會議室去。

「等一下我來好好觀察。」

「讓妳見識一下學生會兩大帥的魅力。」喬喬皺了皺鼻子，「包君滿意。」

我啐了一聲，和喬喬一起上樓，走向會議室。

2

說是開會，其實今天聚會的性質比較類似於培訓或是期初訓練，總之是在新學期的一開始，爲新加入的成員舉辦的活動。也許是想勾起大家的凝聚力與感動，活動一開始，學長姊便播放了一段自製影片，內容主要是介紹過去學生會所舉辦的活動，以及夥伴們籌備活動時一些認眞工作的畫面。

會場上，有很多人看到影片的某些片段後，都和喬喬一樣，感動得一把眼淚一把鼻涕的，紛紛沉浸在感動的氣氛裡。如果硬要說我完全沒有一絲絲被感動，那也未免太冷血了點，只是，不知道是不是因爲本身就對學生會興致缺缺，無形中產生了一種抗拒的意識，我的感動並沒有持續太久。還因爲影片中傳遞出一種類似使命感或責任感之類的意念，使我稍稍感到一絲絲壓力。

我看了一眼坐在我身旁的喬喬，在只有微弱的影片燈光下，我還是隱約看見掛在她眼眶周圍的淚水。於是我偷偷問自己：眞的可以在沒有半點熱情的心態下，參加這樣一個團體嗎？

我想起要升小學六年級時，老師硬性規定我們暑假要報名環保小志工的活動。爲了這個活動，我必須犧牲和家人出國度假的機會。當時我百般不情願，結果過了一個有史以來最不開心的暑假。

即使參加學生會使我聯想起那次不太開心的往事，但換個角度想想，就算我確定自己無法在這個團體扮演好自己的角色，就算此刻眞的很想退出，可是我現在已經答應了喬喬，又怎麼好意思告訴她我想反悔呢？

我輕輕嘆一口氣，默默思考著這個問題。最後決定撇開自己的爲難，打定主意，既然答應了，就至少撐完這學期。這時，會議室裡的燈光突然亮了起來。

「各位學弟妹，相信看了這段影片……」台上一位綁了燙捲馬尾的學姊，滔滔不絕地對剛剛的影片做出結語，「現在就請大家翻開自己的培訓講義。不過，在正式進入今天的課程之前，我們先向學弟妹介紹一下我們的部門及分工，好讓各位有所了解，也有助於今天結束時的選組……」

介紹部門分工時，幾個活動組的學長姊一起演出了一段短劇，簡單地用戲劇的形式，將學生會裡各部門需要的成員特質與工作內容精準地呈現出來，使大家能依照自己的興趣去選擇參加的部門。

「各位學弟妹們，對於學生會的組織還有什麼問題嗎？」另一個長得很清秀，皮膚白裡透紅的學姊接過麥克風之後，帶著甜甜的笑容看著台下的我們，確認沒有任何人要提出問題，學姊又拿起麥克風，「現在我們請副會長阿至學長來和大家講一下話，相信大家對他都不陌生吧？」

坐在第一排的幾位工作人員中，有一位站了起來，走上台，接過麥克風，面對大家微微地鞠了個躬，用中氣十足、很有活力的聲音說著，「各位夥伴們大家好！」

接下來，阿至學長究竟說了些什麼話，我承認我根本沒聽進去幾句，而且我猜喬喬一定也是如此。因爲阿至學長一走上台，喬喬就偷偷踢了我一腳，先是湊近我，小聲地問我，「阿至學長是不是很帥？」再下來，每當阿至學長講一句話、做一個表情，喬喬就會在我耳邊小聲驚呼學長有多帥之類的話。

「他很帥吧！」阿至學長一下台，喬喬又踢了我一腳。

「嗯……」我點點頭，沒有否認。

「妳別光是『嗯』嘛！說說看啊，我有沒有騙妳？」爬在喬喬臉上的，是一種驕傲又得意的表情。

「沒有。」我很坦白。阿至學長已經坐回座位，我的目光還停留在他的背影上。

「現在妳相信我的眼光了吧？」

「嗯。」我微微地笑了。

在那個瞬間，我似乎突然明白喬喬這麼迷戀阿至學長的原因。

阿至學長不僅外型出眾，說話也很有內容又幽默。短短五分鐘不到的時間裡，他毫無冷場的發言，既精闢又不乏笑點，的確是個很吸引人目光的帥哥。

「妳現在可以體會學長的魅力了吧？」

「哈！」我抿抿嘴，「我開始相信妳的眼光了，不過……」

「不過什麼？」

我靠近喬喬，用更小聲的音量故意嚇唬她，「不過，這種外表看起來超完美的『極品學長』，身邊一定很多女生圍著他打轉喔，也或者品德方面……沒那麼好。」

「妳很愛潑我冷水耶妳。」

「我是讓妳認清事實。」

「就是潑我冷水。」

「期望太大，失望愈大。」我堅持。

拗不過我的堅持，喬喬吐了吐舌頭，似乎不願意再做言語上的反駁。

阿至學長回到座位，剛剛那位清秀的學姊又簡單地介紹了一下，接下來上場的是會長，他光站起身，還沒走上台，就已經獲得如雷掌聲。對於這如雷的掌聲，我個人已經覺得非常誇張了，沒想到竟然還有一兩個人吹了聲口哨。我敢斷定，那一定是事先安排的樁腳，想在學弟妹面前顯現自己受歡迎的程度，事先安排樁腳在台下歡呼，負責炒熱氣氛。

「我是這一屆的學生會會長，我叫顏子樂，今天很高興新舊夥伴能夠齊聚一堂……」會長用低沉的嗓音說著，穩健的台風一點也不輸給阿至學長。難得的是，他整場的表現並不嚴肅，臉上始終帶著淡淡的微笑。很神奇的是，他一開始說話，就有一種讓人不得不專注傾聽的魅力，渾身散發出讓人打從心底信服的領導者特質。

此外，他笑起來時，微微瞇起的單眼皮真的很好看。

難怪喬喬會說會長的粉絲要比阿至學長來得多一些。從他的開場當中，也多少看出一點端倪。

「子樂學長也好帥喔！」喬喬又踢了我的腳，小聲地告訴我。

「嗯。」看了喬喬一眼，我的目光又回到台上的子樂學長身上。

「小聿，我看這樣好了……」

「怎樣？」

「一邊陪我追求阿至學長，我們也別浪費時間，妳就順便追子樂學長，妳覺得怎麼樣？」

「李雨喬，妳很誇張耶。」我用手肘碰了碰喬喬的手，皺著眉頭說。

「喜歡就追呀！」

「我只是單純覺得他不錯，還沒到那種要追求的程度好嗎？況且……」看見學長從台上掃視過來的眼神，我突然像上課講話被老師發現而心虛的小學生，還沒有把「況且一見鍾情這種事根本不會發生在我身上」這句話說完，我就乖乖地閉上了嘴。

我猜喬喬也察覺到子樂學長的注意了，因爲她停止了和我的交談。當我拿起筆，想簡單寫個紙條告訴喬喬暫時先安分一點時，台上的子樂學長又說了一段話。

「對了，另外我想提醒一下各位新加入的學弟妹，」他咳了咳，「如果你純粹想有個參加社團的經驗，好當作自己的一項資歷，那麼我想先告訴大家，這會是個吃力不討好的社團。只圖個參與經驗的話，大可以選擇其他社團。」

他站在台上，眼神又突然往我這邊飄過來，害我心虛地迴避他的視線，直到眼角餘光瞄到他看向別處，我才敢再看向他。

「或者你不是對服務或學生會本身有興趣，可能是誤打誤撞，也可能是爲了某些理由才選擇加入，總之，若是如此，我也勸你盡快打消念頭……」

該死！他又將目光移到我和喬喬這邊來，我的心跳又開始緊張得加快了頻率。

「假使你恰巧是我所說的這些人，待會兒可以趁著午休時間好好想一想，就算你默默離開也無妨。再怎麼樣，都會比你爲了某些目的而留在這裡，最後造成其他成員困擾要來得好。」照理說，在講這些話時，應該會有點怒氣的，此刻他的語氣卻淡淡的，聽不出任何情緒，說著這些好像與他無關的話。而在這淡淡的語氣中，又透露著無比的堅定與認眞。

不知怎麼的，此刻我竟然有一種慚愧的感覺。儘管我完全不確定他話中所指的是不是我，我也已經不自覺對號入座。

3

「這便當的雞腿好好吃喔。」喬喬咬了一口雞腿，很滿足地說。

我敷衍地點點頭，仍沒有大快朵頤的動力，「嗯。」

「小聿，妳不舒服嗎？」

「喔……」停下原本夾起一塊炸豆腐的手，我看著坐在我面前的喬喬，「沒有，只是不知道怎麼搞的，剛剛會長講的那些話，總讓我覺得他是在講我耶。」

喬喬習慣性地因爲思考而沉默了幾秒，然後又慢慢開口，「嗯……我本來沒有這麼覺得，被妳這樣一講，我突然想到他說這些話時，好像眞的有意無意往我們這邊看過來……好像眞的是這樣子耶。」

「對啊！」我看著喬喬，「喬喬，妳認眞看看我的臉……」

「嗯？」喬喬滿臉狐疑，但很認眞地盯著我看。

「告訴我，妳在我臉上看見了什麼？」

「看見了……」喬喬湊過來，無辜的眼睛眨呀眨的，「看見妳額頭上剛冒出來的小痘痘。」

「李雨喬！」

「好啦！妳要我回答哪方面的啦？」

「我的臉上，能明顯看出來對學生會缺乏熱情嗎？」

喬喬又停頓了幾秒，搖搖頭，「沒有啊！」

「有一副『只是爲了某些理由才參加學生會』的樣子嗎？」

「好像也沒有。」

「那就奇怪了，」我皺了皺眉，微微嘆一口氣，「希望是我想太多，也許會長根本不是針對我們。」

「子樂學長這麼有會長架式，搞不好他只是照例提醒一下大家。說不定，我們去問其他人，他們也會覺得子樂學長是對著他們說的啊！」

「嗯，好吧！」我苦笑了一下，決定不再探究這件事。就算他是針對我們，但這種自由心證的事情，我們不承認，他也無可奈何。再說，他又不是我的誰，搞不好之後也沒什麼接觸的機會，我想那麼多幹麼呢？

好，不管他。

於是我決定什麼也不管，抱持「既來之則安之」的態度。重新夾起那塊炸豆腐，準備送進嘴裡時，我又再次放下筷子。

這時候，有一個男生在我的身旁坐下。我的眼角餘光先瞄到他打開便當盒，當我想看看來者究竟是何人時，一抬頭，就先看見喬喬臉上略顯僵硬的表情。

於是我轉過頭，看了一下坐在我身旁的男孩。

是學生會會長！

看清楚來者，我倒抽了一口氣，那塊炸豆腐還戲劇化地從我的筷子上滑落，好像在嘲笑我心裡的緊張。

不過，爲了假裝若無其事，我不慌不忙地又夾起了炸豆腐，把它吃進嘴裡。

「考慮好了嗎？」

「啊？」沒料到他會開口說話，炸豆腐一口就滑進了我的喉嚨，害我因爲嗆到，咳了好幾下。

「小聿，妳還好吧？」喬喬瞪大了眼睛。

「沒……」我又咳了咳，「沒事啦。」

「既然沒事，那可以回答我的問題了嗎？」

「什……什麼問題？」我看著他微微面向我的側臉。

「我說，考慮好了嗎？」

「考慮什麼？」心裡大概猜出了他想問什麼，此刻我卻懦弱地選擇裝傻。畢竟如果直接回答他，那不就是不打自招了嗎？

「妳知道我在說什麼。」他夾起青菜，放進嘴裡。

「什麼跟什麼嘛……」說話時，我趁機偷看了喬喬一眼，發現她臉上有些許焦慮，

「會長，你話說得不明不白的，我怎麼聽得懂。」

「我想，我剛剛在會議上講得很清楚了，我們學生會只歡迎有興趣又充滿熱情的人。」他停頓了幾秒，「所以，考慮好吃完便當就離開了嗎？」

「誰說我沒有熱情、沒有興趣？」儘管很心虛，但我告訴自己絕對不能被他看穿，所以我故意理直氣壯，「可別告訴我你會看面相。」

「妳們在樓梯口講的話，我都聽見了。」

「啊？」喬喬受到驚嚇，微微張口，我迅速地回想起早上在樓梯口和喬喬聊天時說的話。

眞糟糕……

果然，眞的不是錯覺，他剛剛在會議上的發言，確實是針對我和喬喬。唉！

「無話可說了吧！」他冷笑了一下，還機車地繼續補充，「原本以爲我在會議上表明立場，就能讓妳們好好想清楚，吃完便當就離開。」

眞是不可理喻，我放下筷子，微微側身，怒氣沖沖地看著他。很想說些辯駁的話，但迎向他認眞而嚴厲的眼神時，卻連半個字也擠不出口。

「所以，吃完便當就走吧。」他哼了一聲，放下筷子，並且蓋上了便當盒蓋子。

「你別太過分！」

「我沒有請總務組找妳們收取便當費用，已經是很有良心了。」他站起來，冷冷地瞥了我一眼。

「顏子樂！你……」我跟著站起身，生氣地吼了他的名字，但隨即驚覺到自己過大的音量，讓原本鬧哄哄的氣氛瞬間沉靜了下來，更尷尬的是，有無數道目光往我們這裡看過來，使得我無法繼續對顏子樂說出我心裡的想法。

最後，我不發一語地拉著他的手臂，怒氣沖沖走出會議室，往樓梯口走去。

4

「顏子樂，你會不會太過分了點？」關上樓梯口的安全門，我站在他面前，抬頭看著他。

「我只是做我該做的事。」

我用力吐一口氣，「我們到底是哪裡惹到你了？你幹麼要找我們麻煩？」

「我再說一次，我只是做我應該做的事情。」他很認眞地看著我。

「應該做？別把自己講得這麼偉大。」

「我並沒有要塑造什麼偉大的形象，我只是看不慣也看不起爲了某些目的才進入學生會的舉動。」

「反正就是加入學生會，我們該做的事情還是會做，你管我們的目的作什麼？」

「學生會的成員，都是本著一股服務的熱忱，都是有熱情的。」他停頓了幾秒，「絕對不像妳們。」

「你確定嗎？」我吸了一口氣，「你確定除了我和喬喬之外，沒有任何一個人是爲了其他目的才加入的？你又不是他們肚子裡的蛔蟲，你怎麼能夠確定他們的想法？」

「但至少每個人都爲了學生會盡心盡力。」

「顏子樂，我告訴你，今天我們只是運氣不好，在閒聊時被你聽到。如果今天你沒聽到我們在樓梯口的談話，你根本也不會知道這麼多。」大概是因爲太過激動，我的聲音微微顫抖著。

「也許吧！只是，既然被我知道了，我覺得我有責任要求妳們退出。」

「竊聽狂，偷聽我們說話。」我別過臉，重重地哼一聲。

「是妳們自己沒注意控制音量，我只是正好走上樓。」

「竊聽狂。」

「我再說一次，學生會不像有些輕鬆的社團，很多時候是吃力不討好，為了妳們自己，也為了學生會好，我看妳們還是盡快覺悟。」他伸出食指，在我面前指著，然後皺了皺眉，往安全門的方向踏出了一步。

「顏子樂！」我連忙追上，再次抓住他的手臂，看著他大大的背影，「不管你怎麼說，我都不會退出。」

「是嗎？」他轉過身，冷冷地看著我，堅決的眼神更尖銳了些，「沒有熱情，遲早會離開的，與其中途退出造成大家的麻煩，不如一開始就別參與。」

「我們不會做中途離開這種事。」為了賭一口氣，我竟然做出了連自己都不確定的保證。

「哈！妳確定？」他微微瞇起眼，「妳確定期中考、報告、活動一瞬間接踵而來時，妳還會有此刻的堅決嗎？」

「我、確、定。」我一個字一個字大聲地回答了他。

「好，那我拭目以待。」

「另外，還有一件事……」嚥了嚥口水，猶豫了幾秒，不知該不該提出這種請求。

「妳說。」

「我和喬喬在樓梯口聊天的內容，你全都聽見了？」

「我不確定，但我猜，妳想問的是喜歡阿至那一段吧？」

「嗯。」我表面上裝作鎮定，然而也因爲他神準的猜測，內心驚訝著。

「我聽到了，妳該不會是想要我幫忙告白吧？」

「你……」看他一副機車的樣子，我差點又控制不住心中熊熊的怒火，想要對他破口大罵。可是一想到自己有求於他，決定還是暫時先忍耐下來比較好，「你可以幫我們守住這個祕密嗎？」

「這麼擔心阿至知道？」

「你到底答不答應？不要轉移話題。」

「可以。」他點點頭，倒是乾脆得很。

「不要晃點我。」

「我一向說到做到。」

「好，你要是敢告訴阿至學長，我絕對不會就這樣算了。」我說得惡狠狠的。

「妳要說的應該是『謝謝』，而不是這種威脅的話。」

「總之，你別騙我就對了。」

「這妳放心，現在可以放開我了吧？」他瞄了我一眼，「肚子餓死了，午餐時間都被妳耗掉了。」

「喔！」我迅速放開了緊緊抓著他手臂的手。

「還有，有沒有人告訴過妳……」

「告訴我什麼？」

「告訴妳說，找人談判時，臉上還黏著飯粒是一件非常沒氣勢又丟臉的事情。」

「啊？」我愣了一下。

「手攤開。」他伸出手，從我的左臉頰拿下飯粒，放在我的掌心。

「你怎麼現在才告訴我？」

「對敵人仁慈，就是對自己殘忍，」他似笑非笑的，「妳不會連這句話都沒聽過吧？」

「顏子樂！」我緊緊握住拳頭，想往他的帥臉揮去，結果不但被他閃過，還被他大大的手掌抓住拳頭。

「不陪妳在這裡浪費時間了，我肚子眞的餓了。」他放開我，然後轉身拉開安全門走掉。

5

這樣一整天下來，比上了滿堂的課更累。抱著一個厚厚的資料夾，我和喬喬走在鋪著紅色磚塊的人行道上，慢慢地往宿舍走去。

「小聿，現在想起來，還是覺得妳中午的舉動眞的很猛耶！」

「猛？丟臉死了，那時實在太生氣，在吃飯的地方怒吼了顏子樂的名字，實在有夠丟臉的。」我皺了皺鼻子，突然想起在餐廳時每一道朝我射過來的目光，以及那種帶了點好奇察看的神情，心裡眞的不太好受。

「我覺得對妳有點抱歉，要不是爲了我，妳也不會加入學生會，也不會和子樂學長鬧得這麼不愉快。」喬喬突然放低了音量，一改平常嘻嘻哈哈的樣子，突然認眞了起來，「剛剛想了很久，我好像不該這麼自私。如果妳決定退出，眞的沒關係……因爲……」

「李雨喬同學！」沒等喬喬說完，我直接打斷她的話，「我都已經當面和顏子樂槓上了，怎麼可能現在說退出？」

「小聿，可是我……我眞的對妳很愧疚耶。」

「想太多，現在已經不是我跟妳之間的問題了，」爲了讓喬喬安心一點，我假裝握緊了拳，「現在是我和顏子樂之間的戰鬥。」

喬喬噗哧地笑了出來，「哈！妳要笑死我啊！」

「反正別想太多，我現在也已經到了不能往後退的局面了。」我笑了笑，「所以，爲了面子，再怎麼樣我都會堅持下去的。」

「小聿，但我還會覺得……」

「哎喲，喬喬，妳別想太多，事情沒那麼嚴重啦！」我努力擠出笑容，拍拍喬喬的肩，希望喬喬別再爲難。

「眞的？」

「眞的沒關係，就像那時候在樓梯口和妳聊天講到的，一開始，我的確有點後悔，不過在和顏子樂『嗆聲』之後，這眞的完全變成了我的事情，所以，不准妳再講什麼不好意思的話了！」

「好啦。」

「一言爲定囉！與其說這些話，倒不如把力氣拿來好好規畫怎麼執行我們的『追馬計畫』。」

「說得也對。」

看著喬喬臉上放心的笑容，我也跟著笑了出來。本想伸手拍拍喬喬的肩膀，卻不小心讓手上厚厚的資料夾掉落在地上。更糟糕的是，幾張零散夾在裡頭的資料，竟被風吹了起來。

「啊！」

「我來撿這邊的。」喬喬的動作倒是俐落得很，很快撿起腳邊的兩張。

「好，快！」我邊說邊撿起一張資料，然後往前跑，追向被風吹到前方的紙張。

然而，當我看見近在咫尺的資料，彎下腰準備撿起來時，有兩隻大大的手搶先我一步，同時將那張資料撿了起來。

「謝……」我站起身，一抬頭，便看見兩個高高的男孩站在我面前。

「都撿回來了吧？」

「呃……」回過神來，才發現自己根本沒聽清楚問題。

「都撿回來了嗎？」阿至學長帶著微笑，又問了一次。

「喔，應該是吧。」我尷尬地苦笑了一下，偷瞄了阿至學長身旁的人。

那個人是顏子樂。此時，我看不出他臉上的表情是什麼情緒。

「撿回來就好，給妳。」

「謝謝你……們。」我接過那張紙，和手上的疊在一起。

「子樂學長，阿至學長！」喬喬走過來站在我身邊，笑容燦爛地打招呼。

「喬喬！」阿至學長露出那種殺死人不償命的微笑，「今天一直在上課，沒能和妳們聊天，我想，她就是妳那天說過，也很想加入學生會的同學吧？」

「喔。」大概是顏子樂在場的關係，喬喬尷尬地乾笑了兩聲，「對啊！她是我的同班同學兼好室友。」

「阿至學長，我是喬喬的同班同學兼好室友以及好朋友和好姊妹，」除了重複喬喬的介紹，我又作了一些補充，「我叫方……」

「哈哈！我知道！」阿至學長先是看著我們，又帶著一種奇怪的微笑，看了一眼站在他身旁的顏子樂。

「學長，你知道？」

「妳是方聿玲，對吧？」

「學長怎麼知道的？」喬喬也一臉納悶。

「現在啊，學生會的新舊成員大概沒有人不知道方聿玲吧！」說完，阿至學長又哈哈地笑了。

我抓抓頭，愈聽愈迷糊。從阿至學長的笑容裡，我看不出有什麼取笑或是消遣的意味，但是我的預感告訴我，等會兒聽到的答案絕對不會是我想聽的。

但我還是決定問個明白，「爲什麼？」

「因爲大家都知道，今天中午吃飯時，有個一年級學妹大吼了會長的名字，這個學妹的名字是方聿玲。」

果然！我看了顏子樂一眼，給了他一個「都是你害的」的眼神。

「是喔，那、那大家……」猶豫了幾秒，最後我閉上嘴。

原本想問學長，大家是不是會很討厭我。但因爲顏子樂在場，礙於敵對的立場與面子問題，我並沒有把這個問題問出口。

不過，顏子樂倒像是看穿了我一樣，「都敢這麼直接跟我槓上了，還會在意別人的眼光嗎？」

很訝異他竟然看穿了我的心思，但這下子我更不高興了。

顏子樂，你一定要把話說得這麼直接明白嗎？

儘管心中有滿滿的怒意，可是不想和他在這裡起衝突，所以我微微吸了一口氣，用盡還沒被憤怒淹沒的理智，提醒自己千萬要忍耐下來。

「開玩笑的，妳別介意。」阿至學長很溫和地說。

我擠出微笑，暗自在心裡提醒自己必須趕快遠離顏子樂這個討厭鬼，以策安全。

「不會啦！小聿她不會介意這點小事情的。」喬喬做了補充，笑笑的。

「那就好。」阿至學長又哈哈地笑了兩聲，「對了，等一下我們幾個老成員和一些學弟妹要到市區的一間簡餐店吃飯，妳們要不要一起去？」

不要。

我在心裡回答了阿至學長。正當我還在猶豫應該找什麼藉口推辭，喬喬就搶先一步開了口。

「可以嗎？」喬喬的語氣裡帶著甜甜的音調。

「當然可以啊！」阿至學長轉頭看了看顏子樂，「阿樂，對不對？」

我偷偷用手肘碰了喬喬一下，想暗示她我對聚餐沒興趣。但此刻她完全被阿至學長的笑容迷倒了，顯然失去了平常和我之間的絕佳默契，害得我只好再次用手肘撞了她一下。然而喬喬的默契感應神經早已被甜蜜的電波干擾，我恐怕是凶多吉少了。

「嗯。」顏子樂不置可否地應了一聲。

「喬喬……」我小聲地說：「妳眞的想去？」

「嗯。」喬喬認眞地看著我，偷偷對我眨了眨右眼，「我們一起去啦！」

唉……

「對啊，小事就一起來吧！」阿至學長笑容燦爛地邀請我。

我擠出笑容，「好吧！」

「那我和阿樂先去還這些器材，十分鐘後在校門口見，好嗎？」

說完，阿至學長便和顏子樂帶著器材往教學大樓走去，留下開心的喬喬和無奈的我。

6

「太棒了，可以和阿至學長一起吃晚餐耶！」站在校門前，喬喬掩不住心中的興奮，雙手合十地說。

「太慘了，竟然要和顏子樂一起吃晚餐。」我吐吐舌頭，做了個極度厭惡的表情，照樣造句地表達出我無奈的心聲。

「沒那麼誇張啦！可是有不少人希望能和子樂學長一起吃飯耶，竟然被妳說得這麼不值。」

「本來就是啊！」我皺了皺鼻子，「爲了妳的『追馬計畫』，要我陪妳和阿至學長吃幾次飯都可以，可是有那個令人倒胃口的顏子樂在場，我是眞的很不願意。」

「其實，今天中午他說那些話的確是過分了一點，」喬喬想了想，「不過，基本上他應該還是個好人啦！而且妳想想，他不但長得又高又帥，更難得的又是學生會會長，做事和領導能力這麼強，實在……」

「夠了夠了。」我揮揮手，看著表情誇張的喬喬，「別再說他的好話了，我都快吐了啦！」

「看來妳眞的跟他水火不容喔！」

「豈止水火不容，是勢不兩立。」我沒好氣地說。

「不過，在分組名單出來之前，小聿妳還是先別和子樂學長這麼對立比較好。」

「什麼意思？」因爲喬喬後方遠處的夕陽太過刺眼，我拉著她往警衛室前的屋簷走了幾步。

「今天學姊說過啦，雖然會長、副會長都屬於會長部，但是有兩組組長忙於其他活動，所以這一兩個月當中，這兩組組長的職務，暫時分別由會長、副會長代理，妳記得這件事吧？」

喬喬一提醒，我才想起眞的有這麼一回事，「記得。」

「到時候名單出來，萬一妳被分配到和會長同一組，要一起合作一段時間，那日子不就更難過了？」

我啐了一聲，覺得喬喬的擔心很多餘，「怎麼可能？妳忘了我們的志願排序是一樣的囉？三個志願中，我們都沒有寫到執行組耶！怎麼可能會倒楣到和會長同一組？」

「是這樣沒錯，但學姊不是也講得很清楚，志願單上的排序是參考用的，雖然會盡量依照大家的志願去安排，可是假如安排不來，也會根據實際狀況去做調整啊。」

「對耶……」聽了喬喬的話，我仔細回想學姊在發志願單時所做的說明。不過，這些應該都是爲了避免有意外才下的預設。原則上，應該還是會依志願單來安排才對。我方聿玲眞的有這麼倒楣，悲慘到一定要和那個討厭鬼同一組嗎？

「所以我才要提醒妳別太衝動。」

「可是他就是這麼討人厭，我有什麼辦法？」我哼了一聲，腦海中突然浮現出顏子樂機車的表情。

「人情留一線，日後好相見，」喬喬俏皮地挑了挑眉，「至少也等分組結果出來再說嘛！」

「也對，雖然我一點也不怕他，可是……」我嘆了一口氣，覺得喬喬說得也有道理。再說，我也不想因爲顏子樂的關係，招來其他人的反感，「好啦！我會盡量不和他打架的。」

喬喬皺了皺鼻頭，「打架?他身高高出妳那麼多，手臂肌肉又這麼結實，妳最好打得贏他。」

「打架不一定要使用蠻力，可以智取。」

「好了好了，他們來了。」喬喬露出燦爛的笑容，朝著不遠處往我們走來的人揮手，「學長，我們在這裡！」

阿至學長和顏子樂慢慢地走了過來，和我們一起站在屋簷下，「其他人已經先出發了，我們走吧！」

「那我們是搭公車去還是……」喬喬問。

「我和阿樂都有機車，我們載妳們去就好了。」

「謝謝學長。」

「謝謝。」解決了要怎麼前往的問題，我反射性地說了聲「謝謝」，但是在這同時，我又察覺另一個尷尬的問題。

所以，阿至學長說他們要載我們？

所以，喬喬理所當然要讓阿至學長載啊。

所以，要讓討厭鬼兼竊聽狂顏子樂載我囉？

我嚥了嚥口水，偷瞄了一眼面無表情的顏子樂，他正好在這時候開口，我急忙移開視線。

「走吧！時間差不多了。」他用他低沉的嗓音說著，然後拍拍阿至學長的肩，邁開步伐，走向學校的機車停車場。

我和喬喬並肩走著，跟在他們後面。這時我才突然發現，不知道是不是他當會長當久了的關係，總覺得好像每一句簡單平常，沒有任何命令口吻的話，一旦從他嘴裡說出來，就會有一種讓人不知不覺乖乖遵循的魔力。

我抬頭看著顏子樂高大的背影，猜想這會不會就是人家說的「領導者的魅力」。

「啊！」來不及停下腳步，回過神時，才發現我又撞上了顏子樂寬大的背。

「小聿，妳沒事吧？」已經戴上了安全帽的喬喬擔心地看著我。

我摸摸鼻子，因爲疼痛，眼淚又飆了出來，「好痛喔……」

「妳走路都不看路的嗎？」顏子樂低下頭看我，皺起眉頭。

「還不是因爲你突然停下來。」我繼續揉著鼻子，仍然皺著眉頭抱怨。

「是妳走路不專心吧！」他冷冷的。

「誰說……」我止住了話，突然想到的確是我自己不專心，才沒注意到他停下腳步，也無法理直氣壯地反駁他。

眞該死！

「可以請妳站過去一點嗎？我牽一下車子，免得妳這冒失鬼又受傷了。」

說話一定要這麼機車嗎？我往後退了兩三步，暫時沒力氣和他爭辯。不想在這個時候和他起爭執，只好站在一旁，默默看著他熟練地將機車從停車格牽出來。

接著，他從置物箱裡拿出安全帽遞給我，「這給妳戴。」

「謝謝。」接過安全帽，我直接戴上。

「上車吧。」

「嗯。」

「抓好，我要出發了。」他很體貼地等我坐好，才緩緩轉動把手，往停車場的出口前進。

一路上，我們完全沒有說半句話。喬喬和阿至學長騎在我們前方，由背影看起來似乎聊得相當開心。相較之下，顏子樂和我簡直像是頻率對不上的兩個陌生人，只是恰巧搭乘同一台機車罷了。

依照我的個性，爲了避免尷尬，在這種情況下，我一定會胡亂找些話題來打破沉默。只是，此刻我完全不打算這樣做，反正對方是討厭鬼顏子樂，我也莫名地喜歡起這種不用動腦筋的時刻。

他大概也不會想和我說話，那我又何必熱臉貼人家的冷屁股呢？還是少說話爲妙。

「方聿玲……」才剛覺得他不會想和我說話，他就突然開口，嚇了我一跳。

「啊？」

「這樣也會被嚇到啊？」他的聲音幾乎被風吹散，我卻聽出他話語裡一點點沒好氣的意味。

「我在想事情啦！」我翻了翻白眼，不打算告訴他我在想什麼。

「看來妳眞的沒有考慮要退出學生會。」

「當然，我不會讓你看笑話的。」我看了後照鏡一眼，顏子樂表情認眞地望向前方，「中午的『嗆聲』，我也不是開玩笑的。」

「很好。」

「也許你覺得我幾個星期後就會舉白旗投降，但我可以肯定地告訴你，那是不可能的事。」我抿抿嘴，除了暗自得意自己能把這些話講得這麼帥氣，我突然很高興爸爸遺傳給我這麼好勝的倔強性格。

「我還是那句老話，拭目以待。」

我聳聳肩，不想再繼續談論下去。

「對了，妳朋友……」遇到紅燈，他將車子停在停止線前，又突然開口。

「我朋友怎麼樣？」

「看來喬喬和阿至聊得很開心。」他拉開安全帽的透明罩，從後照鏡裡看了我一眼。

「喔，」我往前方看了一下，喬喬坐在後座，看起來眞的是聊得很開心，喬喬的右手不住地揮呀揮的，「對呀！喬喬和阿至學長本來就是同一個家族的直系學長和學妹。」

看見喬喬和阿至學長的相處漸入佳境，我不自覺笑了出來。只是，當我又從後照鏡中看到顏子樂看著我的眼神時，我尷尬地收回了微笑，「所以你剛剛想說什麼嗎？」

他咳了咳，「我是要說，他們那樣……沒關係嗎？」

「什麼意思？」我皺了皺眉，不懂他的問題。

「沒什麼，」他微微地聳了聳肩，看了前方的紅綠燈一眼，「綠燈了，抓好。」

「嗯。」對於他沒頭沒尾的問題，我非常納悶，但既然他沒有想要說清楚的意思，我也沒興致問得太清楚，於是我又將目光移向路旁一棵一棵往後退的路樹。

7

總共有十幾個人參加了這場聚會。除了我和喬喬，還有兩個觀光系大一的女生和兩個企管系的男生是新成員，其他人都是學生會的元老。

這個聚會，說起來算是學生會成員的小聚餐，這種場合通常容易形成新成員和新成員聊天、舊成員和舊成員聊天的局面。不過，學長姊很擅於掌控整個場面，不但對我們這幾個新加入的成員相當照顧，還不時主動找話題與我們交談。除了分享系上或是通識課程有哪些老師是「大刀」之外，也談到一些之前會內學長姊籌備活動的趣事，所以整場氣氛相當歡樂，每個人都很開心。

「對了，學姊，那目前的狀況，是不是可以依照個人填寫的志願去分組啊？」我鼓起勇氣，決定早點爲心中最擔心的事找到解答。

「剛剛離開會議室前，我們稍微看了一下大家的志願單，」新聞部內一個名叫小靜的學姊帶著微笑回答我，話說得很保留。「不過因爲還沒仔細安排，所以還不知道結果會怎麼樣耶！」

「是喔。」

「怎麼了？聿玲和喬喬對特定的部門有興趣嗎？」

「這……」我停頓了幾秒，和喬喬互看一眼，「也、也沒有特別想加入什麼部門，還是看學長姊的安排啦！」

「對呀。」喬喬也插了話，「如果可以和小聿同一組，就太開心了。」

「呵呵！我們會再安排看看的！」

「嗯。」我笑了笑，拿起湯匙舀了一匙焗烤飯，還沒放進嘴裡，就聽見坐在我斜對面的一位新成員突然叫了我的名字。

「聿玲，我的名字叫孟思璇，朋友都叫我璇璇，我可以叫妳小聿嗎？」她帶著好美的微笑問我，那種甜死人不償命的微笑。

「可以啊！」我放下湯匙，爲了禮貌，特別回了她一個笑容，不過，我的笑容肯定比她的美麗遜色許多。

璇璇是那種長得像洋娃娃的標準美女，但我不是。

「那這位是……雨喬嗎？很高興認識妳們，未來一起努力囉！」璇璇睜著大大的眼睛，濃密的長睫毛非常漂亮。

「嗯，妳好，妳也可以和其他人一樣，叫我喬喬就行了。」喬喬大方地拿著裝了紅茶的玻璃杯，舉了起來，「乾杯。」

「未來還要一起努力呢！乾杯。」

「乾杯。」我也跟著拿起杯子，和大家的杯子碰在一起。玻璃與玻璃、冰塊與冰塊互相碰撞，發出了清脆的聲響。

「對了，小聿，妳和子樂學長是不是本來就認識啊？」

「咳咳！」我原本喝了一口紅茶，因爲璇璇突如其來問到與顏子樂有關的事而嗆到，「咳咳……」

喬喬貼心地拍拍我的背，「小聿，妳還好吧？」

「還好。」我又咳了幾聲，然後嚥了嚥口水，皺著眉頭看向璇璇，「眞不好意思，妳說顏子樂怎麼樣？」

「喔……沒什麼啦！」她尷尬地笑了笑，很明顯地思考了一下。不知道是不是我多心，我覺得璇璇好像在思考該用怎麼樣的方式來問我，「只是看妳和子樂學長好像很熟，感覺是早就認識的樣子。」

「不是啦！」雖然我在心裡偷偷發笑，表面上我還是裝作鎮定。

「因爲剛才好像是子樂學長載妳過來的，加上中午時妳在會議室喊了子樂學長的名字，我以爲你們本來就認識。」

喊了子樂學長的名字？是怒吼吧？

除了發笑，我內心忍不住發出OS。

「沒有，我也是到學生會才認識顏子樂的。」我笑了笑，再次拿起湯匙，把焗烤飯送進嘴裡。

「哈！沒想到璇璇和我有一樣的感覺呢！」小靜學姊邊吃她的義大利麵邊說著。「中午看阿樂去找妳們，還和妳們一起吃飯，我也以爲你們原本就認識了。」

我一心只想趕快撇清，完全沒顧慮到手中還拿著湯匙，不管三七二十一地揮著手說：「才沒有呢！他那個……」

我的話說到一半，就被喬喬輕輕踢了一腳。喬喬應該是要我別在這樣的場合上說出批評顏子樂的言詞，於是我馬上做了修正。

「呃，像他這麼優秀的學生會會長，我們哪有機會認識啊！」說完，我嘻嘻嘻地笑了笑，盡可能地裝出自然的樣子，心裡暗暗感謝喬喬的提醒，不然我可能又會衝動說出不該在這種場合說的話。

「阿樂眞的很優秀，他對學生會的付出，比上一屆會長要投入很多。」坐在小靜學姊身旁的雅芬學姊也加入話題。

「對啊！」小靜學姊笑了笑，「對於學生會，他眞的很熱中投入。我想，他能夠把學生會帶領得這麼好，也是因爲他用心又認眞的關係。」

「做事態度認眞，外型又高又帥，哈！我們光看這次報名表的男女比例，就大概能夠猜出是怎麼一回事了。」

「當然囉！阿樂和阿至可是學生會吸引成員的強力大磁鐵耶！」旁邊的另一位學姊也做了補充。

看來，那個討厭鬼之所以得到這麼多人的好感，不單單只是靠他出眾的外型而已，最重要的是他做事態度值得欣賞，或者……還有其他的什麼。

我又吃了一口香噴噴的焗烤飯，眼神不自覺飄向顏子樂的位置。

因爲距離遠，店內又過於吵雜，我其實聽不到他在和其他人聊什麼，但是遠遠地也能看見他整場都帶著微笑的表情，熱絡地和其他人交談。從其他人與他的互動看起來，好像挺融洽的。

我突然間覺得，他或許沒有我想像的沉默和冷酷無情。

起初在樓梯口遇到他時，因爲整個跌在他胸口而尷尬得不得了的當下，我偷偷地把冷漠的他當成那種沉默又不擅於說話的人。午餐時間的風波後，對他又增加了機車、難相處的印象。一整天下來，我一點也沒想過他可以像我現在看到的這樣談笑風生。

所以，看他和大家相談甚歡，我才發現原本的判斷是完完全全錯了。

「小聿，妳在想什麼？」

喬喬拍了拍我，把我從思考裡拉回了現實，「沒有……沒有啊！」

「那璇璇叫了妳好幾聲，妳怎麼都沒聽見？」

「喔……」我尷尬地笑著，「璇璇，眞不好意思，焗烤飯實在太好吃，害我吃到都忘我了啦！」

「這樣啊。」璇璇又露出洋娃娃般的微笑，「我還以爲妳在偷看子樂學長呢！」

「偷看顏子樂？」我睜大眼睛，一時忘記控制音量，引來大家狐疑的目光。

糟糕……方聿玲呀方聿玲，同樣的錯誤妳到底要犯幾次啊？

「不好意思、不好意思，我太大聲了……」我嘆了一口氣，尷尬地朝大家回以抱歉的眼神。當我和顏子樂四目相望，雖然燈光昏暗，我還是彷彿再次從他注視我的眼神中，看見他對我的嫌惡與不屑。

喬喬又踢了我一下，我猜大概是要我恢復鎮定。「小聿怎麼可能偷看子樂學長嘛……」

「對啊！」我皺皺鼻子。

「對了！剛剛學姊說有很多人是因爲子樂學長和阿至學長才加入學生會的，那小聿呢？」

「當然不是。」我很堅定。

璇璇睜大了眼睛，「所以小聿是因爲對學生會有熱情，才加入學生會的囉？」

我猶豫了幾秒，卡在左右爲難的處境裡，因爲不想說謊，也不想違背自己的心意，所以我小聲地「嗯」了一聲，希望能快結束這討厭的話題。

「那妳們呢？」喬喬很高明地抛出了問題，成功地解救身處困境的我。

璇璇笑了笑，偷瞄了正在討論菜單上甜點的小靜學姊她們一眼，然後隔著桌子湊過來，壓低音量，「要幫我們保密喔！」

看璇璇一副神祕的樣子，我大概料想到答案了。我通常會對這種八卦十分好奇，可是不知道爲什麼，此刻突然希望璇璇不要把她的祕密說出來。

「喔？」喬喬一向也喜歡聽八卦，這時果然露出了非常感興趣的樣子。

坐在璇璇旁邊的倪芳也壓低音量，「我們是爲了子樂學長來的，噓……」

「是喔。」我心不在焉地應了聲。

「子樂學長是我學長的朋友，那天和我學長一起吃飯時正巧遇到，然後……」

「然後就對學長產生好感了？」喬喬挑高了眉，一樣充滿興致。

「嗯，因為，我發現不只是外表，像子樂學長這種充滿智慧的男生，就是我喜歡的那種人。」

「呼！幸好妳喜歡的不是阿至學長。」喬喬明顯鬆了一口氣。

「喔？」倪芳聰明地聽出喬喬話裡的弦外之音。

「我是為了阿至學長才加入學生會的喔。」

「妳們在聊什麼啊？這麼神祕。」小靜學姊大概是討論完了菜單上的甜點，突然冒出一句話，加入了我們。

「沒有啦！我們在說這裡的甜點好吸引人，不知道等一下要叫什麼來分著吃。」

「這樣啊。」小靜學姊笑了笑，將菜單遞給我們，「快研究一下，等會兒就請服務生過來。」

「好的。」璇璇接過菜單，還俏皮地對著我眨了眨右眼，我則因為自己順利避開這個話題而深感慶幸。

我想，這會是小說或偶像劇裡最需要的一段浪漫鋪陳，我也相信這會是足以讓顏子樂以及阿至學長的親衛隊尖叫加羨慕的一段路程，不過對我而言，我只想趕快走回宿舍，走到這段路程的盡頭。

聚會結束後，當然還是比照去簡餐店的模式，阿至學長載喬喬，顏子樂載我回學校。因爲回到學校時已經晚上九點多了，所以他們非常堅持，一定要陪我們走回宿舍才能放心。

校門口到女生宿舍有一小段距離，但沿路都有路燈，還不至於有什麼危險，然而我和喬喬拗不過他們的堅持，最後只好接受了他們的好意。

喬喬和阿至學長走在前面，和剛剛回來的路上一樣，聊得似乎很投緣，但我和顏子樂可就不是這麼一回事了。

從市區回學校的路上，顏子樂除了一開始告訴我，「抓好，要出發了。」這句話，直到現在完全沒有主動和我交談。和剛剛在簡餐店時談笑風生的樣子簡直是判若兩人，甚至讓我不禁懷疑這個人是不是有兩種人格。

老實說，男生能夠像他們兩個這樣，顧慮到女生的安全，體貼地送女生回到住處，其實是很加分的舉動，只是因爲我和顏子樂不對盤，氣氛才這樣尷尬又詭異。我靜靜走在顏子樂身旁，偶爾回答一下從喬喬他們那個熱鬧歡愉區拋過來的問題，其餘大部分時候都低著頭。看著我們四個人的影子被昏黃的燈光照得好長好長，我眞心希望可以快快走到宿舍，結束這段討厭又不自然的相處。

「今天的課程雖然很緊湊，可是對新加入的成員來說，會是很好的訓練。」走在前頭的阿至學長突然放大音量，微微轉身看著我說：「不只是喬喬，我相信小聿也是這麼覺得吧？」

我將視線從紅磚道上的影子移到阿至學長臉上，猶豫一下子，覺得好像還是要客套一下，「對啊！相信未來一定可以在學生會裡學到很多。」

「阿至學長，你看吧！小聿也這麼覺得。」

「課程應該不至於太枯燥乏味吧？」

「不會啊，其實我覺得還滿有趣的耶。」我笑了笑，想起穿插在課程間的小短劇，突然忍不住想笑。

「哈哈！那我就放心了，當初我和阿樂還有幾個負責安排課程的學長姊，很擔心一整天密集的課會嚇到你們呢！」

我搖搖頭，「眞的不會，剛剛我們在簡餐店的時候和其他人閒聊，大家也都覺得這次課程對我們眞的幫助很多。」

「什麼時候變得這麼會說話？」我身旁突然傳來顏子樂低沉的嗓音。一路上不開口就算了，竟然在這個時候補了這樣一句話。

「我是實話實說。」

「對了，說到簡餐店……」

「嗯？」

「妳剛剛在簡餐店是不是說到阿樂？」阿至學長哈哈地笑了兩聲，「不會是小聿偷看阿樂被其他人發現了吧！」

「怎麼可能！」我又忘了控制音量，急急地反駁。原以爲阿至學長要聊簡餐店的餐點很好吃之類的話題，沒想到竟是這個我最不想談到的點。

阿至學長，你沒事幹麼問這個？我在心裡嘀咕。

「我問錯了嗎？」阿至學長轉了身，面向我，倒退著前進。

「不是啦！學長別想太多。」我尷尬地擠出笑容，「那時候我正好在發呆，璇璇她們以為我在偷看……偷看顏子樂啦！」

「妳確定不是在偷看我？」顏子樂輕哼了一聲，落井下石地補上一槍。

「少臭美，你是哪根筋不對啊？」我瞪了他一眼，愈來愈小聲地說：「誰要偷看你這討厭鬼。」

「因為中午吃飯時，小聿大吼了阿樂學長，璇璇她們還以為阿樂學長和小聿本來就認識呢！」

「喔？」阿至學長突然笑了起來，露出一種奇怪的笑容。

「笑成這樣……」沒想到顏子樂這時候竟然和我有相同的感覺。

「璇璇她們該不會是在試探軍情吧？」阿至學長打趣道。

「想太多了。」顏子樂沒好氣地說：「小心前面有柱子。」

「喔，謝啦。」阿至學長立刻轉過身，繼續往前走。

「宿舍就在前面了，學長你們送到這裡就好了。」我指著前方，偷偷對喬喬使了個眼色。

「沒關係，就陪妳們走到門口吧。」阿至學長仍舊堅持，「阿樂，你覺得呢？」

「嗯，一起走到宿舍門口吧！」

所以，我們又繼續慢慢地往宿舍走去。

「方聿玲……」顏子樂小聲地叫了我的名字。

「幹麼？」我瞥了他一眼，不知道是不是我的錯覺，他好像刻意放慢了腳步。

「雖然對於妳加入學生會的動機還是很不屑，但既然妳說不會輕易退出，至少會做滿一個學期……」

「嗯。」我吸了一口氣。

「基於學生會舊成員的立場，我想我必須提醒妳，」他停頓幾秒，睨了我一眼，「我不確定像今天中午或是在簡餐店裡，這樣的行為算不算是莽撞或是冒失，只是覺得，如果妳一直都這樣少一根筋，我想妳一樣不適合學生會。」

「什麼意思啊你！」看著他認眞又嚴肅的眼神，再聽完這席話，我心裡有點不高興，「你這個會長會不會管太多了一點？難道學生會裡所有成員的想法、個性、做事態度，你都要要求一致嗎？」

顏子樂看向前方，繼續緩慢地往前走。因爲又明顯走得慢了些，我們和喬喬他們的距離已經拉開三、四公尺之遠。顏子樂嘆了一口氣，「我不是這個意思，不過我不在乎妳要怎麼解讀。」

「那你是什麼意思？」

「總之，我想說的是，妳如果不能稍微改一改自己冒冒失失的態度，有很多時候，會一不小心就犯錯的。到時候，還必須自己承擔錯誤。」

「哼。」我重重地哼了一聲，「就算有你說的那種時候，我也會自己承擔，絕對絕對絕對不會求你幫忙的。」

「好，」他淡淡地說，聳了聳肩，「我記住這句話了。」

「小聿！阿樂學長！你們怎麼走這麼慢啊？」喬喬已經站在女生宿舍大門口，雙手可愛地放在嘴邊，故意對著我們說。

「來了。」我努力擠出笑容，快步走過去。

9

「怎麼啦？看妳一副不高興的樣子。」喬喬和我走進宿舍，察覺了我的不開心，拉著我走到交誼廳的沙發椅上。

我嘆了一口氣，把剛剛顏子樂跟我說的話大致和喬喬說了一遍。

「他眞的這麼說？」

「對啊，」我又生氣地哼了一聲，「我已經盡量不要和他起衝突了，爲什麼他還要來招惹我啊？眞是討人厭。」

「小聿……」

「就算我本來就是少根筋的冒失鬼，也輪不到他來管吧！」想著他說話時那種嚴肅又認眞的眼神，我就不自覺生氣起來，「還說什麼到時候必須自己承擔錯誤，他會不會管太多了點？」

「不要這麼生氣啦！」坐在我身旁的喬喬微微側過身，輕輕拍了拍我的手。

「難道他要要求每個學生會成員都變成他期待的樣子嗎？眞是跋扈無理的會長。」

「小聿，妳先冷靜下來。」喬喬思考了一下，停頓幾秒才繼續說：「我相信子樂學長可能是知道了我們加入學生會的動機，加上今天中午妳又直接和他槓上，因此對我們特別嚴苛或不高興，才會對妳說這些話。他一嚴肅起來語氣又滿凶的……」

「是很凶，非常凶。」我補充說明。

喬喬抿抿嘴，「好，語氣非常凶。」

「本來就是。」見喬喬沒有繼續說，於是我看了看她，「所以呢？」

「但是我覺得，我覺得啦！仔細想想，他會說這些話，好像不是因爲想責備妳，或是要求妳怎麼做耶。」

「什麼意思？」我皺了皺眉，歪著頭納悶地問。

「他應該是好意提醒妳，做事的時候最好謹慎一點，才不會吃虧啊！」

「我不相信！」我搖搖頭，直接否定了喬喬的猜測。

「畢竟學生會有學生會的規定與規則，不只要對學校報告，也必須對學生負責。妳也知道這不是一般的學生社團，所以，我眞的覺得子樂學長是在提醒妳，免得一時不謹愼，犯了連自己都沒想到的錯誤。」

「我看他根本是在耍會長的官威。」把「官威」兩個字說出口時，連我自己都覺得好笑，沒想到一氣起來連這種詞彙都用上了。

「別想太多啦，別忘了，我的直覺通常很準的。」喬喬帶著安慰的微笑拍了拍我的肩膀，「而且人家不是說『物以類聚』嗎？子樂學長和阿至學長這麼好，我想他一定和阿至學長一樣，是個不錯的人。」

我堅定地搖搖頭，「凡事必有例外。」

「哈！」喬喬噗哧地笑了出來，「我相信這句話，但我也相信我的直覺。不過，這樣想一想，我又開始覺得很對不起妳了。」

「啊？」

「妳和子樂學長的衝突，追根究柢起來，也都是因爲我。要不是……」

「李雨喬！」我打斷了喬喬的話，「不准再說這些，以後也千萬別這樣想，我說過，那是我和他之間的事情……哎喲，不說這個了，反正我以後爲了讓自己好過一點，還是會盡量迴避他，盡量不跟他起衝突。」

「這也是個好方法。小聿，謝謝妳。」

「我們之間需要這麼客氣嗎？」我眨了眨眼，「我們可是好同學兼好姊妹和好室友耶！」

「也對。」

「對了，妳今天和阿至學長互動得很不錯唷！」我曖昧地笑著，「一路上好像話題聊都聊不完，是很不錯的開始呢！」

喬喬甜甜地點了點頭，「對啊！一開始和他說話時，我心裡還是會小鹿亂撞，亂緊張一把的。」

「然後呢？」我睜大眼睛，這種甜蜜的事情，我最感興趣了。

「不知道是不是因爲阿至學長很健談，後來我們愈聊愈多，我也就愈來愈不緊張了。」

「哇塞！」我興奮地看著喬喬，「我猜阿至學長健談是原因之一啦，最重要是因爲他是妳李雨喬同學命中注定的白馬王子！」

「哈！但願如此囉！」喬喬開心地說。接著打了個小小的呵欠，「有點累了，我們進寢室吧！」

「OK！順便向小忱她們報告一下『追馬計畫』的進度。」

回到宿舍，和另外兩位室友小忱及淑姚聊完今天所發生的事情，也報告完喬喬「追馬計畫」的進度之後，我們幾個人又聊了一個多小時，洗完澡準備要睡覺時，已經將近凌晨兩點了。

因爲累了，我向室友們舉白旗投降，決定洗好澡就要就寢。累了一天，我應該立刻就能入睡的，此刻躺在床上卻異常清醒，翻來覆去將近半小時，始終無法入睡。

我翻了身，睜開眼看著上鋪的床板，不知怎麼地，竟然想起剛剛走回宿舍時顏子樂說的話，以及他那嚴肅又討人厭的眼神。

難道眞的像喬喬說的，他只是想提醒我做事要謹愼一點嗎？可是，就算是提醒，他有必要這麼凶嗎？不對，他那麼討厭我，怎麼可能好心提醒我？還有，他特地提起今天中午和簡餐店的事，一定是因爲我當眾喊了他的名字害他丟臉，所以才惱羞成怒，拐個彎來罵我，竟還道貌岸然地以「學長」的姿態來提醒我。

對！一定是這樣的。

你這個假惺惺的討厭鬼。

打了個呵欠，我又翻了身，拉起被子蓋住臉，希望自己能夠盡快地入睡。

只是，愈是告訴自己要快點睡著，免得明天肯定爬不起來上第一節課，我卻愈來愈清醒，愈來愈沒有睡意。

我的思緒不自覺回想今天一整天發生的事情，像錄影帶不斷播放。從在樓梯口跌進顏子樂的懷裡，到上課時他的發言，再到中午和他在樓梯口起爭執的畫面，接著也想起他在簡餐店談笑風生的樣子，以及今晚走回宿舍時那番讓我氣到不行的話。

我又轉了身，拉開柔軟的被子，盯著上舖的床板，又因爲這種種而惱怒了起來。

我腦海裡同時浮現他機車的表情，以及他和其他人說話時臉上總是帶著淡淡微笑的樣子。

他對其他人明明就很好，如果我也是「其他人」，如果沒有讓他聽到我們加入學生會的動機，那麼我和他之間的關係也許就會好一點吧？也許就不會在認識的第一天，就注定了我和他的勢不兩立吧！

哎喲！方聿玲，妳在想什麼啊？哪來那麼多的「如果」、「也許」？

唉，不管了，他這麼討厭我，我也沒有多喜歡他，既然跟他的關係已成定局，那我也沒辦法改變。未來至少還得在學生會裡待上一學期，多少還是有機會和他相處，只好能避就避、能躲就躲，一旦遇上了，就盡可能保持距離，少和他接觸。

對！就是這樣。我在心裡默默做了決定，不自覺地握起拳頭，呼應著心中莫名的堅定。

10

「小聿，妳今天怎麼這麼累啊？」第一堂課下課，坐在我隔壁桌的喬喬湊了過來。

「唉……別說了，昨天明明累得很，洗完澡之後，躺在床上竟然變得精神奇好。」我側趴在桌上，睜開疲倦的眼睛，「翻來覆去到四點多才睡著。」

「四點多？」

「嗯……」我嘟了嘟嘴，「我很少失眠的，沒想到就這樣失眠了。」

「爲什麼？」

「我不知道。」我簡短地回答喬喬，突然記起昨晚想了很多有關顏子樂的事，「一開始就很純粹是睡不著，也許是在簡餐店喝了咖啡的關係吧！但是後來腦子裡一直冒出昨天在學生會的事情，顏子樂討人厭的德性讓我愈想愈氣就……」

「方聿玲同學，妳是哪根筋不對啊？」

「我也不知道，妳以爲我願意啊……」說完，我打了個大大的呵欠，閉上眼睛。

「小聿，妳先不要睡啦！」

「爲什麼？」我又睜開眼睛，無力地看著喬喬。

「下個星期天的聯誼，妳要不要去？」喬喬拍拍我，另一隻手拿著班代剛剛傳下來的報名表晃呀晃的。

「聯誼？」我想都沒想，「不要。」

「爲什麼？」

「我對這種事情沒興趣。」我趴在桌上，搖了搖頭。

「小聿，眞的不要嗎？班代說這次對方條件滿不錯的耶。」

「眞的不要。」我又睜開了眼，「再說，妳不是對阿至學長死心塌地的，還想去參加聯誼喔？」

「那不一樣啊！我們去湊個人數，是幫班代的忙，而且，多認識一些朋友又不一定要怎麼樣。」

「妳去找小忱她們好了，」我嘆了一口氣，雖然心裡有些不忍心拒絕喬喬，但我眞的不想違背自己的心意去參加這種聯誼活動。「我眞的對這種活動沒什麼興趣耶。」

「好吧，等一下再去問小忱她們。」

聽出喬喬語氣裡的失望，我又覺得不忍心，坐起身，打了一個大大的呵欠，想要安慰她一下。「喬喬，對不起啦！我也告訴過妳，我姊姊都笑我從來不對什麼活動或事件熱中和感興趣嗎？」

「嗯……」

「所以這是我的問題，只是很抱歉，沒辦法和妳一起參加。」

「好吧！」喬喬笑了笑，還俏皮地對我眨了眨眼，「不過，如果有哪個帥哥喜歡上我，到時候妳可別羨慕喔！」

「哈！」我皺了皺鼻子，「這妳倒是可以放心，我才不會這樣呢！如果妳不嫌鋪張，我還可以放鞭炮幫妳慶祝，順便請阿至學長要認眞努力。」

「最好是啦！」喬喬故意在我面前握緊拳頭，「可別隨便造謠，我對阿至學長是從一而終的。」

我點點頭，微微地笑了笑，但沒有再說什麼。

「對了，小聿！」喬喬又叫了我一聲。

「嗯？」

「聽說今天下午五點左右，學生會分組名單就會出來了，要不要一起去看啊？」

「這麼快？」

「嗯，我好好奇喔。」

「好啊，那今天最後一節下課後，我們一起去看。」

「沒問題，那我先去問小忱要不要參加聯誼喔！」

「好。」說完，趁著下課時間還有幾分鐘，我又趴回桌子上，開始偷偷擔心起即將揭曉的分組名單。

該不會眞的這麼衰，和顏子樂那個討厭鬼同一組吧？

〃

上完一整天的課，我和喬喬帶著緊張的心情往學生會辦公室的方向前進。

「好緊張喔！小聿，妳覺得如果我們不在同一組，或者是……」喬喬拉了拉我的手，「小聿！」

「嗯？」因爲整個思緒都在擔心如果不幸和顏子樂同一組該怎麼辦，我完全沒把喬喬的話聽進耳裡，「不好意思，妳剛剛說什麼？」

「妳也在擔心，對不對？」喬喬微瞇了眼，伸出食指在我面前指著。

我吐了一大口氣，「說不擔心是騙人的！對了，妳剛剛跟我說什麼？」

「沒什麼啦！我只是在想，如果沒有和妳同一組，或者是妳被分到子樂學長代理組長的那個小組該怎麼辦……沒想到妳正好也在想這件事，還以爲妳不會擔心。」

「這可關係著我未來一學期在學生會裡的命運耶！」

「說得也有道理。」

「算了啦……反正都成定局了，我們就去接受命運的安排吧！」

「嗯。」

我和喬喬走進了行政大樓，慢慢地上樓梯，然後走到辦公室前。我輕輕地敲敲門，得到「請進」的回應後，我和喬喬才推開門，走進辦公室。

我一直以爲門一開會看見很多人，也會看見顏子樂。結果社團辦公室中卻沒有如我預期的畫面，反而只看見一位學長坐在桌子前，正在使用筆電。

「小墨學長，請問分組名單出來了嗎？」我帶著微笑。

「出來了，」小墨學長推了推他的黑框眼鏡，熱心地指著另一張桌子，「名單放在透明資料夾裡。」

「喔，謝謝。」

他原本將視線移回電腦螢幕，又轉動身子，看著我們，「妳們怎麼現在才來看啊？」

喬喬笑了笑，「剛剛才下課。難道大家都看過名單了？」

「是啊！半小時前，大家才亂哄哄地在討論呢！」

我努力地笑了笑，但我發現自己因爲太緊張，連笑容都僵硬了。

喬喬已經拿起名單，快快地走回到我身邊，「小聿，快來看。」

「喔……」我也一手拿著名單，和喬喬一起目睹命運的安排。

我的目光快速地從第一個組別開始瀏覽，一直到中後段，終於看見了我的名字。但是在同一組組員的名字裡，卻沒有喬喬。

「我在這一組……」我吸了一口氣，繼續往下找喬喬的名字，「李雨喬、李雨喬……」

「在這裡。」喬喬嘆了一口氣，喪氣地說：「我們果然不在同一組。」

因爲小墨學長在場，於是我用氣聲問喬喬，「那阿至學長呢？」雖然我心裡也很失望，但爲了安慰喬喬，我立刻轉移話題。因爲我相信，如果喬喬能和阿至學長同組，她應該會很開心才對。

「我看看……」喬喬原本開心了一下，又繼續往下看，直到看到名單上最後一排的「PS」時，她又像洩了氣的皮球一樣，大大嘆了一口氣。

「嗯？」順著喬喬食指指著的位置看去，我看見了阿至學長的名字。

「阿至學長代理的不是我這一組。」

「不是？」我驚訝地說，仔細看了看，「阿至學長代理的是……」

「是小聿妳那一組耶！」搶先了我一步，喬喬驚訝地看著我。

「對耶！」我正想著該如何安慰喬喬，一邊呆呆地看著名單，「喬喬，其實……」

「這樣也好！」

「啊？」

「沒和阿至學長一組，說不定是老天爺在幫我呢！」喬喬先瞄了小墨學長一眼，然後壓低音量。

「怎麼說？」我狐疑地看著喬喬，摸了摸她的額頭，「妳該不會是發燒了吧？」

「妳想想，我做事能力這麼差，如果眞的和阿至學長同一組，搞不好會被他扣分扣光光。」

我想了想喬喬說的話，心裡大概明白了她的意思，然後也點點頭，「有時候，距離反而造成美感。」

「沒錯，而且妳正好和阿至學長一組。這樣，身爲妳的好朋友，我經常和妳一起行動也是天經地義的。」

「很有道理耶。」

「所以，就我對學長一見鍾情的緣分來看，我絕對相信這是老天爺眷顧我的安排。」

我噗哧地笑了出來，原本正愁應該用什麼說法來安慰喬喬，此刻看見她的開朗表現，又對心中認定「一見鍾情的緣分」深信無疑的模樣，我才安心了不少。

「對了，子樂學長呢？」喬喬突然將我從自己的想像拉回現實，「他該不會在和妳那組需要密切合作的組別吧？」

不會吧！

我的目光又迅速地跟著喬喬在資料上滑動的食指走著，最後找到了資料上顏子樂的名字。

呼，還好。

「現在安心了吧！」喬喬又偷瞄了小墨學長一眼，偷偷地對我比了個「YA」。

「哈！太開心了，今天一定會睡得很香甜。」

反正也沒有其他的事了，我和喬喬便和小墨學長一起叫了校園外送便當，在學生會辦公室邊吃飯邊聊天。

「其實，沒有同一組也沒關係。」小墨學長咬了一口雞腿，認眞地說。

「嗯？」

「我們學校學生會雖然將組別以及工作職掌畫分得非常清楚，每組都有組內必須完成的工作任務，但是在阿樂和阿至的努力下，各組之間的聯繫是非常緊密的，呃……」也許看我們聽得一愣一愣的，小墨學長思考了一下，「這麼說好了，我是覺得，就算妳們兩個人不同組，但不代表妳們之後在學生會見面或是合作的機會會比較少，也不見得以後辦活動的時候會各忙各的。」

「眞的嗎？」喬喬開心地問。

「以我是學生會老鳥的身分向妳們保證。」

「那我就放心了。」我微微地笑了笑。

「這學期有幾個活動，跑過幾次活動流程，妳們就能了解我現在說的了。」

「嗯。」我和喬喬異口同聲回應時，門外傳來輕輕的敲門聲。

「請進。」

「小墨學長！我來看分組名單。」門被推開後，是一個甜甜的聲音，「小聿、喬喬，妳們也在這裡啊？」

轉過身，我看見璇璇站在門邊，還有她的朋友倪芳，「嗨！」

「妳們還沒看名單啊？」

「對啊！才剛下課呢。」璇璇又露出那種甜死人不償命的笑容，今天她穿著一件淡淡的粉紅色長版上衣。

「名單出來了吧？」倪芳挑了挑眉，看來也很期待結果。

「出來了。」我站起身，走到剛剛的桌子前拿起名單，「在這裡。」

倪芳接過名單，興奮地和璇璇一起認真尋找自己的名字，然後不忘小聲問我，「那妳們和子樂學長……」

我微微地搖了搖頭，「都沒有。」

「這樣啊。」

「找到了！」璇璇開心地指著名單，「我們同一組耶！」

「眞的假的？」倪芳也立刻看見了自己的名字，「眞的耶……太好了。妳看，子樂學長正巧也是我們這一組的代理組長。」

「喔？」璇璇看了看倪芳指著的一排字，「好幸運喔。」

我轉頭偷瞄了小墨學長一眼，確定他沒有往這邊看來，「恭喜妳們。」

「謝謝，眞的好開心。那我們要去吃牛排慶祝囉！」

「吃牛排慶祝？」我小聲地問，心裡嘀咕這個顏子樂怎麼會有這麼大的魅力。

「學妹，妳們要不要一起買個晚餐，和我們一起吃呢？」小墨學長揚聲問。

璇璇放下資料，笑得非常甜美，「小墨學長，不用了，我們等一下還有事情。」

「是喔！那好吧！」

「我們要先走了。」

「嗯，看完名單後，別忘了在背面簽個名喔。」

直到璇璇和倪芳開心地離開辦公室，我才坐回剛剛吃飯的位置，繼續吃著我的排骨便當。

「她們也因爲能在同一組而非常開心耶。」

「當然啊！畢竟不只是她們同一組而已，更開心的是她們……」我原本邊吃飯邊發愣，沒料到學長會突然說出有關璇璇她們的話題，於是很自然地搭話。直到差點說出關鍵字時，才從糊裡糊塗中回過神來，立刻止住了話語。

「更開心的是什麼？」

我趕緊丟給喬喬一個求救的眼神，希望喬喬快點幫我接個漂亮的說法，「更開心的是，對於我們這種孤苦無依的大一新生來說，能夠和好朋友同一組，絕對是最重要的事啊。」

哇塞！李雨喬，妳連這種詭異的理由都掰得出來啊！

我又投給喬喬一個讚賞到不行的眼神。

「原來是這樣。」小墨學長不疑有他，只是露出一種很能明白的微笑，「那天思璇和倪芳來報名時，幾個學長就說思璇長得超漂亮的，還開玩笑說一定要讓思璇去公關組，這樣我們以後向廠商拉贊助可能就容易許多了。」

「小心我告訴璇璇這些話喔！」我故意威脅小墨學長。

「哈哈！千萬不要，這只是開玩笑罷了，況且，換個角度想，這也是對她的一種稱讚啊！」

「也對，第一次見到璇璇時，她一走進會議室，我就對喬喬說那個女孩長得好像洋娃娃，好漂亮。」

「對啊！那時候小聿超誇張的，還說璇璇根本就是個明星。」

「眞的喔？」小墨學長放下筷子，抽了一張桌上的面紙，擦了擦嘴，「我還以爲美女和美女之間一定會互相嫉妒的。」

「這才不一定呢。」喬喬反駁了學長。

「對啊！我們家喬喬可是心胸超寬大、超級零心機的開朗美女呢！」

「看得出來、看得出來！」學長又呵呵地笑了，「妳也是啊！小聿也是名符其實的美女喔。」

「咳咳咳……」小墨學長的話害我差點噴飯。我假裝鎮定地硬是把飯吞了下去，結果嗆到，咳了好幾聲。

「沒事吧？」

「我們家小聿啊，吃飯時如果聽到讓她驚訝的事就會嗆到。」喬喬笑了笑，關心地看著我，「還好吧？」

「沒事了。」我放下筷子，拿起一旁的飲料，喝了一大口。

「妳咳得臉都紅了。」

「還不是學長亂開玩笑，我才……」我的話還沒說完，門外又傳來了敲門聲，然後就開門走了進來。

小墨學長往我後方揮了揮手，「嗨，吃飯了嗎？」

「吃了。」

雖然只是短短的兩個字，但這聲音讓我打了一個冷顫。我先看了喬喬一眼，然後才轉過頭去，果然看見顏子樂背著背包走到會長的座位。

「阿樂學長。」喬喬也笑著打了聲招呼。

「來看名單啊？」

「對啊！因爲也沒其他事情，不急著走，就和小墨學長一起吃晚餐聊天囉！」

「那快吃吧！」顏子樂微笑地說了這句話，準備從背包裡將一疊文件拿出來時，正巧迎上了我的目光。我只好急忙躲開，假裝認眞地吃著自己的便當。

「阿至怎麼沒一起過來？」

「剛剛一起踢完球，他有點累了，所以先回去。」

「踢球？」喬喬抓住了與阿至學長有關的關鍵字。

「妳們不知道？」小墨學長驚訝地說：「我們的會長和副會長，可是足球校隊的重要隊員呢！」

「眞的不知道耶。」

「下次有比賽，再邀妳們一起去看。」

「一言爲定喔！」

之後，喬喬開心地聽著小墨學長敘述某一場比賽中，阿至學長與顏子樂如何合作無間，讓球賽逆轉勝的經過。而我，卻無法再像剛剛顏子樂出現之前那樣自然地和小墨學長聊天，只好靜靜吃著自己的便當，啃著便當裡的雞腿。

因爲我已經決定，有顏子樂在的場合，我一定要安分一點，別又因爲小事和他起衝突。

13

和小墨學長一起走到行政大樓的樓下，與他道過再見之後，我和喬喬先繞去校內的便利商店買了些零食，才散著步開心地走回宿舍。

我看了一眼手錶，「沒想到都已經八點半了，顏子樂還留在學生會辦公室。」

「對呀！眞的好認眞。」

「確定是認眞嗎？」

「妳剛剛沒聽小墨學長說喔？」喬喬不但沒回答我的問題，還反問了我。

「說什麼？」

「他說子樂學長常常在辦公室待很晚。」

「待很晚打線上遊戲嗎？」我皺了皺眉，滿滿的不屑。

「當然不是啊！他是留下來忙會內的事，小墨學長說阿至學長也常常這樣。」

「是嗎？」

「對啊！籌畫一些大活動的時候，因爲他們必須做最後的把關，常常爲了妥善安排一些細節搞到三更半夜的……」喬喬抿了抿嘴，「總之，他們很認眞就對了。聽說有一次更誇張，那時候是耶誕舞會的籌畫期，小墨學長說他有天早上第一個到辦公室，結果看見子樂學長和阿至學長兩個人竟然熬夜留在辦公室耶。」

我突然想起剛剛顏子樂坐在桌子前，認眞看著資料的樣子。

「對了，妳喜歡看球賽嗎？」喬喬忽然問我。

我搖搖頭，「不喜歡。」

「是喔……」喬喬賊賊地笑了笑，「不過，不管妳喜不喜歡，下次如果有球賽，妳一定要陪我去看喔！」

「我不要，妳明知道我……」

「明知道妳對這種活動沒興趣！」喬喬模仿我的表情和說話的語氣，打斷了我想說的話。

「妳知道就好。」

「可是，拜託啦……看在人家都沒能和阿至學長同組的分上，就答應下次有機會的話陪我去看一次球賽嘛。」

「我考慮……」

「小聿！」喬喬拉了拉我的手，又露出她那水汪汪大眼睛的苦苦相求，「拜託啦……小聿……」

「我還是要考慮一下。」

「拜託啦！」

我嘆了一口氣。我本來就是不擅於拒絕別人的人，對於喬喬的要求，更是不忍心拒絕，「好啦！」

「謝謝小聿，我就知道妳對我最好了。」

「知道就好。」

「其實啊！雖然我很看得開，也相信這是老天爺最棒的安排，但我還是很羨慕璇璇她們可以實現她們的願望耶！」

「我了解，不過……她們就必須和討厭鬼同一組耶！」我吐了吐舌頭，「機車到不行的討厭鬼耶！」

「哈！那是對妳方聿玲而言。子樂學長之於她們，就和阿至學長之於我一樣，子樂學長可是她們心目中的白馬王子呢！」

我扮了鬼臉，極醜的那種，「討厭鬼國境裡的白馬王子？」

「哈哈！妳要笑死我啊！」

「本來就是啊！」我哈哈地笑了笑，「不過……」

「怎麼了？」

「我真的真的很慶幸可以不用和他同一組。」往人行道旁走了幾步，我坐在一旁白色的涼椅上，看著掛在黑色夜空中的上弦月。

喬喬也跟著我坐在涼椅上，輕鬆地伸直了腿，「不過，我的直覺總是告訴我，說不定哪天，妳會發現自己並沒有這麼討厭他，會和他化敵為友喔！」

「絕對不可能。」說這句話時，我又想起顏子樂剛剛認眞看著文件的表情，「絕對不會有這麼一天的。」

14

雖然沒能和喬喬一組，不過不用和顏子樂同組的開心，足以沖淡失望的情緒。

在名單公布之後的一個星期內，各小組似乎都先在學生會期初會議前，陸陸續續召開了小組會議。除了讓大家互相熟悉，也讓新進成員更了解組內的主要工作任務。

今天輪到我們這組開會，因爲比較早到辦公室，我協助小靜學姊將會議資料一張一張疊好，並且用釘書機將資料裝訂起來，然後把資料一份一份地放在每個位置上，等待同組成員的到來。

「我們先坐一下，等其他人過來吧！」小靜學姊坐在最前面的位置，示意我可以隨便找位置坐。

「好。」我隨意選了一個離自己最近的座位，在學姊斜對面坐了下來。

「很開心和小聿同一組喔！」學姊抽掉鋁箔包上的吸管，插進吸管孔內，喝了一口。

「我也很高興可以和學姊同一組，」我苦笑了一下，「原本因為沒能和喬喬一組還有點失望，但是後來看了看名單，看見組員裡有小靜學姊，我就放心多了。」

「眞的嗎？」

「是啊！更巧的是喬喬和雅芬學姊同一組，妳們都是我們公認超親切好相處的學姊呢！」

「哇塞！那我一定要告訴雅芬，她一定會很開心的，」小靜學姊再喝了一口飲料，「我們組員人數不多，每個人都很好相處的。喔！對了，小聿，妳知道我們組長暫時由阿至代理吧？」

「知道。」我也拿了飲料，把吸管插進飲料孔，喝了一口冰涼的紅茶。這個時候，傳來了輕輕的敲門聲，阿至學長打開門，走了進來。

果然是說曹操，曹操就到呢！

「剛剛感覺有聽到我的名字喔！」阿至學長將背包放在座位上，然後在會議主席的位置坐了下來。

「耳朵這麼厲害。」

「當然囉！」他挑了挑眉，露出了開朗的微笑，「這樣才能防止李小靜對新學妹講我的八卦啊！」

小靜學姊哼了一聲，「最好是啦！」

「小聿，妳老實告訴我，剛剛小靜有沒有毀謗我什麼的。」阿至學長開玩笑地說。

「完全沒有。」我笑笑的，故意聳聳肩，「我想講學長壞話的時候，你就正好敲門進來了。」

「哈哈哈！」小靜學姊痛快地拍著手，笑得好大聲，「小聿，妳很不錯喔！」

「當然。」我俏皮地朝小靜學姊眨了眨眼。

「小聿，看來妳才接觸學生會的空氣沒多久，就已經被小靜汙染了。」

「喂，副會長……這才是毀謗吧！」小靜學姊誇張地拍了桌子。

「哈哈！」阿至學長從背包裡拿出資料，然後看著我，「小聿，我和小靜很熟，又是同班同學，所以常常亂開玩笑，妳可別被我們嚇到了。」

「才不會呢！這樣輕鬆的氣氛，讓人很開心又沒壓力，」我皺了皺鼻子，「才不會像……」

糟糕！我又差點說錯話了。

「像什麼？」

「啊？」我急急地摀住了嘴。看著小靜學姊不解的表情，我又解釋，「沒什麼啦！才不會像上課一樣無聊嘛。」

「了解。」阿至學長點點頭，但不知道爲什麼，我卻覺得他笑笑地看著我的眼神裡，好像有一種奇怪的意思。

「啊！我竟然忘了把雨傘拿回來，你們先聊，我先去一下樓下便利商店。」小靜學姊突然叫了一聲，隨即站起來，看了看牆上的時鐘。

「妳去吧！反正還有時間。」

「好，馬上回來。」

阿至學長帶著淡淡的微笑，看著小靜學姊跑出門外的背影，然後才將目光移向我，

「小靜學姊人不錯吧？」

「對啊！我剛剛還跟學姊說，我和喬喬都覺得她和雅芬學姊很好相處呢！」

「私底下偷偷票選就對了？」

「對啊！」我笑了笑，看著阿至學長臉上像有什麼含意的微笑，我突然想到剛剛我止住話時，他臉上的那個笑容。

「不過，說到好相處，我也是很和藹可親的。」阿至學長雙手交握在胸前，開著玩笑。

「這倒是。」

「其實，妳剛剛想說的話，應該和阿樂有關，對不對？」

「什麼？」我抓了抓頭，終於明白了剛剛學長裡笑容的意思。

「妳剛才有話沒說完。」他補充說明。

好吧！既然學長這麼神，我也不想再隱瞞什麼，與其又再亂找藉口，倒不如直接承認。

「的確是和顏子樂有關。」我往門的方向看了一眼，確認沒有人進來，我才小聲地說：「我是想說，氣氛可以輕鬆一點很棒，才不會像他在場那麼低氣壓。」

「我就知道。」

「我表現得這麼明顯嗎？」

「倒也不是，只是直覺而已，」阿至學長邊說邊從他的透明資料夾裡拿出幾張資料放在桌上，然後才認眞地看著我，「不過……」

「不過什麼？」

「未來大家一塊兒相處的機會很多，妳和阿樂都是很好的人，我在想，你們之間是不是有誤會冰釋的可能。」

我堅決地搖了搖頭，「不會。」

「這麼篤定？」

「嗯……」爲了避開阿至學長詢問我的認眞眼神，我假裝拿起飲料喝了一大口，還故意用輕鬆的語氣，試圖帶過這嚴肅的話題，「畢竟啊……我方聿玲不太擅長和討厭鬼交朋友。」

「我聽得出來這是四兩撥千斤的話術，但是會議快開始了，我暫時可以放過妳。」

「謝謝學……」我故意做了個揖，「謝謝副會長。」

「有空再聊，我去拿個行事曆，等一下要和大家排這學期的工作時程。」

「會議結束之前，我們做個總結，」阿至學長把目光從桌上的會議議程移到我們幾位組員的臉上，「組內的小活動部分，就由剛剛討論出來的夥伴負責，需要支援時，一定要提出。這部分有問題嗎？」

「沒有。」大家異口同聲。

「至於大活動的部分，這學期學生會目前規畫比較大的活動有三個，分別在期初、期中以及期末。我們的分工方式，是在每次由兩位夥伴爲主要負責人，其他夥伴則執行負責人指派下來的工作。」阿至學長認眞地做了總結，最後又露出了他臉上常常出現的開朗微笑。

「阿至，我想做個補充。」小靜學姊微微舉了手，禮貌地微笑示意。

「小靜，請說。」

小靜學姊收回笑容，換上一個嚴肅的表情，「依據以往辦理活動的經驗來看，也許有些新進的學弟妹對於活動計畫書以及細節的部分不太熟悉，所以我在想，是不是應該在活動日期的一個月前，先將擬好的計畫書給我們看過。」

小靜學姊的態度以及說話的語氣，讓人感受到她對於這項工作的重視，於是我在議程資料上的空白處，把她說的重點記下來。爲了避免之後忽略掉這個重要的程序，還特地在字的前面畫上一個大大的星星記號。

「學姊，請問，擬好的計畫書是同時給妳和阿至學長嗎？」一個和我一樣是一年級的組員也舉手發問。

「是的。」

「還有其他人要發問嗎？」小靜學姊拋出了問句，不過沒有人再提問，先是幾個人私下小聲地討論著，後來就陷入了沉默。

時間像是突然停頓了幾秒，直到阿至學長清了清喉嚨，劃破沉默。「嗯！這樣看來，大家好像沒有問題了，如果突然想到什麼，隨時都可以問我們。哈哈！小靜學姊對你們很好喔！已經把大家可能會遇到的問題先想好了。其實，依照以往的經驗，我們如果可以及早將自己負責的活動計畫與細節先擬出來，別說我們這些學長姊可以給予大家建議，組員之間也有充分時間互相討論，這樣，活動也可以辦得更成功。這部分應該OK吧？」

我點點頭，沒有跟著大家一起回應。然而，我沒回應，並不是對提議不認同，而是……而是心裡突然有一種難以形容的感覺。

也許是因爲，心中一直認定小靜學姊看起來好相處又性情溫和，想不到在討論正事時竟也有強硬的一面，心裡微微地震驚了一下。而另外一部分，是來自於阿至學長。

這就是所謂說話的藝術吧？

原本稍微陷入了尷尬和一點點火藥味的局面，因爲阿至學長的態度以及說話的方式，讓停滯的會議得以進行，也化解了幾位新進成員與小靜學姊可能造成的不愉快。更厲害的是，還成功地讓大家對小靜學姊直接而強勢的態度釋懷。

看著阿至學長，我想我愈來愈能夠了解，爲什麼他可以成功扮演好副會長的角色。而在這個時候，我竟然莫名其妙想到那個身爲會長的討厭鬼。

雖然並沒有會長肯定比副會長厲害的鐵律，但我還是不自覺地猜想，當我因爲阿至學長的表現而聯想到「眞不愧是副會長」時，今天說話的人如果換成顏子樂，我是不是也會有「眞不愧是會長」的感覺呢？

「小聿，有沒有什麼問題要問的？」將我拉回現實的，是阿至學長帥帥的臉，以及大家看著我的目光。

「喔，沒有。」我笑了笑。

「那會議就到此結束，要是有任何問題，可以隨時問我們。」

15

爲了幫喬喬製造和阿至學長見面的機會，我故意和喬喬套好了招，在會議結束之後，對學長說喬喬有一些關於學生會工作上的問題想請教他，所以希望學長沒事的話，可以和喬喬約在女生宿舍交誼廳，而阿至學長也爽快地答應了。

開會資料都收拾完畢後，我和阿至學長兩個人便邊散步邊往女生宿舍的方向移動。

「今天開會還好嗎？」一離開學生會辦公室，阿至學長就開口問我。

「還好啊。」

「我要問的其實是，會不會讓妳很有壓力？」

「怎麼說？」

「依照以往的經驗，學弟妹一進來，聽到這麼多密集的活動，發現好像沒有想像中這麼好玩的時候，通常都會打退堂鼓。」

「所以，阿至學長的問題，是要問我有沒有被嚇到嗎？」

「小聿很聰明喔！」

「當然。」我笑了笑，心裡有點得意。

「那……被嚇到了嗎？」

「沒有。」我想都沒想，馬上就回答了學長。

「看來，小聿是很有能力又有衝勁的學妹。」

「我不是。」從學長的眼神裡，我好像看見了一種對於認眞學妹的讚賞，於是我急忙否認。

因爲，我承擔不起這樣的讚賞。

「不然呢？」

我呼了一口氣，本來看著阿至學長側臉的目光移向前方，思考了一下，「阿至學長，不知道如果我把眞相直接告訴你，你會不會覺得我這樣很不應該，但是，我也不想對你有所隱瞞。」

「嗯？」

「其實學長你誤會了，我不是什麼有衝勁又有能力的人。」我苦笑了一下，「事實上，我覺得活動就只是活動，時程到了，該做什麼就做什麼。」

「這樣處之泰然的態度，很難得。」

「不！」我還是苦笑了一下，「這不是處之泰然，是因爲對我來說，這只不過是一項工作任務罷了，並沒有特別的期待，或是希望自己能夠做得多好的期許。」

「這是客氣嗎？」

我用力地搖搖頭，「完全不是。」

阿至學長停頓了幾秒，像是在思考什麼似地想開口說些話，不過，到後來還是沒有開口。

「哈！一直以來，我好像就是這樣一個人，對活動不熱中，也沒什麼特殊興趣，」我嘆了一口氣，「我姊姊就老是說，她覺得我是一個完全沒有熱情的人。」

「沒有熱情……」阿至學長重複了我的話，「我覺得熱情這種東西不是絕對的，有時候是正好遇見了一件事，有時候是突然的一種感覺。」

「是嗎？」我歪著頭，看著阿至學長，反問他。

「是的。」

「但我覺得，這兩種情況發生在我身上的機率實在非常小。」

「有這麼嚴重喔？」

我笑笑地說，誇張地聳聳肩，「有啊！我大概是世界上最缺乏熱血的大一新鮮人吧！有這種排行榜的話，我絕對榮登第一名。」

「有點誇張耶！」阿至學長給了我一個很溫和的微笑。

這次換我沒有再說話，因為，我實在不知道到底要怎麼回應阿至學長，於是，我只好用微笑來帶過這一切。

「我覺得，可能只是時機還沒到而已，並不代表永遠都會這樣。」阿至學長很體貼地又主動說了話。

「謝謝學長的鼓勵。」我又吐了一大口氣，慢慢地繼續往前走。阿至學長真的很會鼓勵別人啊。

原本預計陪阿至學長和喬喬聊一會兒，就要幫喬喬製造和學長獨處的機會的。結果，在交誼廳坐下沒多久，我就發現我的保溫杯忘在學生會辦公室裡。於是我抓住了這個大好的機會離席，匆忙走出交誼廳。離開時，還不忘偷偷給喬喬一個加油的眼神。

按照我的計畫，也不能太快回到宿舍。原本打算到校園餐廳點杯咖啡，悠悠閒閒地看雜誌，然後等待喬喬傳來捷報的。但此刻因為我糊塗地把保溫瓶忘在學生會辦公室，所以現在又正往辦公室走去。

走進行政大樓，因為已經是行政人員的下班時間，走廊與樓梯間的電燈都已經關了，雖然有幾盞緊急照明燈仍亮著，但有幾處原本就暗暗的角落更顯得黑暗了。我從來沒有在這種時間單獨一個人來行政大樓，突然想起系上迎新時，學姊講過關於校園裡鬧鬼的故事。學姊曾說我們學校的行政大樓是校內最古老的建築，想到這裡，我的背脊不禁微微冒出冷汗，心裡莫名地害怕，還不斷問自己爲什麼堅持要現在來拿回保溫瓶。

不過，既然都已經走進來了，不如快一點拿回保溫瓶爲妙。於是我快步走著，走上樓梯時，更是三步併兩步往上跑，直往學生會辦公室衝去。

還有人在辦公室！

一到二樓，遠遠地，從學生會辦公室的位置，看見那兒的氣窗透著與黑暗有明顯對比的光。我繼續快步地往前走，想快點擺脫這恐怖的走廊。一到辦公室大門前，心情就鬆懈了下來。

轉動把手，我開心地推開門，大大地呼了一口氣。我放心地拍著胸，想緩和一下呼吸時，抬頭一看，才發現待在辦公室的人竟然是顏子樂！

這是所謂的「冤家路窄」嗎？

「沒人告訴過妳，敲門是一種禮貌嗎？」

我看著他，明明知道他拐著彎指責我沒有禮貌，此刻我卻一點也不想回嘴。大概是因爲剛才緊張過頭，現在看見還有人在辦公室，沖淡了看見顏子樂時不太高興的心情。再說，我也確實忘了敲門。因爲不好意思，我尷尬地苦笑著，「對不起，我……」

「妳怎麼樣？」他不屑地睨了我一眼，又繼續認眞地看著桌上的文件。

「我……」

「說聲抱歉有這麼難嗎？」

看著他討厭的態度，我也開始不高興了，「我才不是那種沒有禮貌的人呢！」

「但妳剛才沒有敲門，這是不爭的事實。」他頭也不抬地說著。

「那是因爲……」我瞪著他，沒有把話說完。我想，如果說出來，只會讓自己更丟臉而已。

「因爲什麼？」

「沒什麼。」我皺了皺鼻子，決定不理會他。往剛剛開會的位置看去，一眼就看見了我放在桌上的保溫瓶。

「該不會……」他蓋上了原子筆的筆蓋，終於又抬起頭，看著我，「是被行政大樓的鬼故事傳說嚇到了吧？」

「才不是！」我急急地反駁，不知道是不是心虛的關係，我覺得此刻我額頭上冒出的冷汗，一定讓我的藉口非常缺乏說服力。

「不是嗎？」瞥了我一眼，他冷笑了一下，然後收拾好桌上的資料，把部分資料放進背包裡。

「當然。」我拿起保溫瓶，「我要走了。」

「那就順便幫我關那邊的燈吧！」他站起身，「我也正好要離開。」

16

這條長長的走廊還是黑黑暗暗的，但兩個人一起走，有了伴，心情不像剛剛那麼緊張，也莫名地安心了不少。

雖然走在我旁邊的，是我方聿玲心目中不折不扣的討厭鬼。

我用比平常更快一些的速度走著，一方面想快點離開行政大樓，脫離和顏子樂的獨處。另一方面，因爲他腿長，步伐又大，儘管看起來只是輕鬆地走著，感覺起來卻比我快上許多，我只好比平常走得更快一點，才能和他並肩而行。

「今天開過工作會議了吧？」

「啊？」他突然開口問，我又被嚇了一跳，「嗯。」

「怎麼樣，今天開過會，也排了組內工作時程。」他睨了我一眼，「有沒有發現我說得很對？」

「什麼很對？」雖然可以從他的態度察覺出他絕對不會說什麼好話，但我還是不自覺地問了他。

「學生會不是其他社團這麼好混的。」

「嗯。」我吸了一口氣，不想反駁，「謝謝你一再地提醒，雖然我不確定你等一下是不是還會再問我一次，但我想我還是直接告訴你好了，我不會退出。」

不知道是不是我看錯，但我好像看見他嘴角微微上揚了一下，非常短暫的一下下，「與其耍嘴皮子，倒不如就認眞做吧！」

「你這個人很奇怪耶！」我重重地哼了一聲，然後拉住他的手臂，往前踏了一大步，抬起頭看著他。

「怎樣？」

「我從來就沒有要耍嘴皮子的意思，是你每次都說這些機車的話。」

「我只是在提醒妳而已。」

「我想不是提醒，是你很機車又討人厭，而且自以爲是。」我放開他的手，終於把想說的話說完。

「嗯哼，還有沒有？」他挑著眉。

我的身高矮了他一截，和他比起來氣勢一定很弱，於是我瞪著他，「罄竹難書。」

「既然不想說，那我繼續走囉？」他指了指大門口。

「請便。」重重地哼了一聲，我也轉身往大門口走去，不願意走在他後頭。不過，走了幾步，在行政大樓的大門口前，伸手準備拉開玻璃門時，我被顏子樂從後面抓住了手。

「等一下！」

「啊！」因爲被他的舉動嚇一跳，我迅速縮回了手，驚訝地看著他。

「妳沒看見旁邊的標示嗎？」他皺著眉，指著貼在門把旁的粉紅色Ａ４紙。

順著顏子樂手指指的方向看過去，我喃喃自語地把紙上的字句慢慢唸了出來，「下班時間，請記得按左側按鈕……」然後將視線移向門邊的圓形按鈕。

「後面的警語看到沒？」顏子樂討人厭的手指在那張紙上點呀點的，「誤觸警報，後果自負。」

「喔。」被他嚇到，又發現自己差點驚動校園警衛，我的心臟急速跳動著，撲通撲通的。

他皺著眉，伸出手按下門邊的圓形按鈕，然後大門發出「噠」的一聲，門鎖自動打開。「走吧。」

「喔。」我愣愣地走出大門，心跳速度還是很快。

他跟著我走了出來，輕輕關上大門，「妳要回宿舍吧？」

「嗯。」

「那我跟妳一起走回去吧！」

「啊？」我疑惑地看著他，不知道他指的是不是「陪我」走回宿舍。我正猶豫著該怎麼拒絕時，他又開了口。

「阿至不是在女生宿舍交誼廳和喬喬聊天嗎？」他抿抿嘴，「他叫我去那裡找他，等一下我們還要去踢球。」

「喔……好、好啊。」

什麼嘛！眞的不是要陪我走回去的意思。

於是我尷尬地笑了笑，暗自慶幸自己沒把這些表錯情會錯意的話說出口，不然可就難堪透頂了。

「那走吧。」簡短地說完，他便邁開步伐往女生宿舍的方向走去。

我跟在他後頭，只得快步跟上他大大的步伐，繼續往前進。

我以爲他一逮到機會肯定會針對剛才的事情大作文章。並肩走了五分鐘之久，他不但沒有提剛才的事，還連半句話都沒有說。

是在生悶氣嗎？不對！他不像是那種會生悶氣的人。

我抓抓頭，偷瞄了他一眼，偷偷觀察著他臉上的線條。

「妳有話想說是不是？」

「沒……」我愣了一秒鐘，「沒有啊。」

「看起來就一副有話想講的樣子。」

「才沒有呢。」我嚥了嚥口水，又猶豫一下，最後還是憋不住心裡的疑問，「我只是以爲你會罵我罵到狗血淋頭。」

「剛剛的事情嗎？」他挑著眉看我。

「嗯。」

「我覺得那件事沒什麼，經常在下班時間進出行政大樓的人，才會知道要刷卡進入，按開門鈕出去。」他停頓了一下，「不知者無罪。」

沒料到他會這樣回答，一時之間，我不知道該回應什麼。

「但是，如果下一次還是因爲冒失而誤觸警鈴，那就是妳的問題了。」顏子樂停下腳步，過了一會兒又繼續往前走。我看著他的背影，趕緊跟了上去，心裡開始後悔，幹麼不乾脆享受與他之間的沉默就好，爲什麼又要問他這種討罵的問題。

17

「我們先走了，拜拜。」阿至學長溫和地笑著，先是看了喬喬一眼，然後又看向我。

「學長，拜拜。」喬喬熱情地揮揮手。我們站在女生宿舍門口，目送阿至學長與顏子樂離開。

「呼……」我大大地吐了一口氣，不知爲什麼，突然覺得放鬆下來。

「剛剛和阿至學長聊得好開心喔！」

「眞的啊？」我睜大眼睛，很高興自己和喬喬套好的招管用。

「對啊！」喬喬的喜悅毫不掩飾地爬在她的臉上，「原本我就照妳教我的，問學長一些小組內的工作任務，然後愈聊愈多，連學長的興趣啦……平常喜歡的休閒活動都說到了。」

「看來進展得不錯嘛。」

「這都是我的愛情軍師方聿玲的大功勞啊！」喬喬挑著眉高興地說，還豎起大拇指以表示對我的稱讚。

「不敢當、不敢當，妳李雨喬原本就是箇中翹楚好嗎？」

「哈！沒什麼啦！」喬喬故意聳了聳肩，「不過，眞虧了妳幫我爭取這麼多時間。」

「本來我還可以爭取更多時間，打算去餐廳點一杯咖啡喝的。」

「妳說保溫瓶忘在辦公室，我還以爲是妳故意想出來的藉口呢！當時我心裡還覺得妳的理由實在太逼眞了。」喬喬笑了笑，「不過後來阿至學長打電話給子樂學長，我才知道是眞的。」

「當然是眞的啊！」我皺了皺鼻子，想起剛剛行政大樓黑暗的長走廊，「以後如果沒有同伴，我才不要一個人去。」

「要是我也不太敢。」喬喬上下摸了摸自己的手臂，一副「想到就毛」的神情。

「先說好喔！下次如果又忘了什麼，或是一定要在下班時間到行政大樓的話，喬喬妳一定要陪我。」

「好，我們互相陪對方。」

「那還差不多。」我吐了吐舌頭，突然想起喬喬剛剛說的話，「妳剛剛說什麼原本以爲找保溫瓶是我的藉口，還有阿至學長打什麼電話的？」

「喔，就是我以爲這是妳想製造給我和學長獨處機會的藉口……」

「後面，後來呢？」

「結果阿至學長就很好心，很體貼地打電話給子樂學長。」

「打電話給他幹麼？」

「原本阿至學長擔心沒人在辦公室，怕妳不得其門而入，後來他看看手錶，說子樂學長說過他在練球之前會先去一趟辦公室……」

「所以呢？」

「哎喲！妳聽我說完嘛。」

我尷尬地笑了笑，不知道自己幹麼突然莫名地心急，很想趕快知道事情的原委。

「後來阿至學長就打電話給子樂學長啦！結果他真的在辦公室，好像正要離開吧！」喬喬抿抿嘴，「阿至學長就告訴他，妳可能會回去拿保溫瓶。」

「難怪，我要走的時候，顏子樂也正好說要離開。」我聳聳肩，「原來是阿至學長請他等我的。」

「不對！」

「什麼不對？」

「不是阿至學長請他等妳的。」

「怎麼說？」

「阿至學長在講電話時，我一直在阿至學長旁邊，我完全沒聽到阿至學長說這些話。而且阿至學長掛斷電話之後，就告訴我子樂學長會等妳耶。」

「這樣啊……」我思考了幾秒，還是不覺得顏子樂會這麼好心，「也許他只是正好還有文件要看，所以邊看邊等我吧，他會這麼好心嗎？」

喬喬搖了搖頭，伸出食指在我眼前晃呀晃的，「不是！阿至學長說，子樂學長那時候已經關燈準備鎖門了。」

「是這樣嗎？」我想了想，進辦公室時，他確實一副認眞看文件的模樣啊。

原來，他是在等我嗎？

但是顏子樂什麼也沒說，一副就是正好還在辦公室忙的樣子，連我要離開時，他看起來也是一副正好要離開的巧合。

「小聿，妳在想什麼啊？」喬喬歪著頭，疑惑地看著我。

「沒什麼啦！」我聳聳肩，「如果妳沒說，我大概會一直以爲是巧合吧！」

「什麼意思？」

「我進辦公室時，他很認眞在看文件。我拿了保溫瓶，他又正好說要離開，我們就一起走下樓了。」我停頓了幾秒，「我以爲這都是巧合。」

「那……」喬喬小聲地問：「你們該不會又吵架了吧？」

我白了喬喬一眼，「吵架本來就是我和他之間的基本配備好嗎？」

看我無奈回答的樣子，喬喬噗哧地笑了出來，「所以？」

我比了個「一點點」的手勢，把當時自己在黑暗的走廊嚇得半死，忘了敲門就衝進辦公室，被他恥笑我沒禮貌的經過，以及和他一起離開行政大樓時，差點直接推開設定了保全裝置的大門等等事情一一告訴喬喬，「大概就是這樣。」

「不是我愛說，你們真的是不折不扣的歡喜冤家耶！」

「錯！是仇家，是冤家，但沒有『歡喜』兩個字。」

「好啦！」喬喬沒好氣地說：「隨妳怎麼說，那你們走回宿舍這一段路上，不就又吵起來了？」

「也不太算……」我搖搖頭，又做了大概的補充，把後來和顏子樂互動的情形再向喬喬報告。

「不過當時真的有點訝異，他竟然沒有逮到機會找我麻煩，還說了什麼『不知者無罪』。」

「妳看吧！我們家會長是不是很賞罰分明，腦袋清楚又理智？」喬喬瞇起了眼，「我光是這樣聽起來，就覺得他好優秀喔！」

「你們家會長？」我把眉毛提得高高的，「妳移情別戀囉？」

喬喬曖昧地笑了笑，再次強調，「我話還沒說完，我要說的是，很可惜我已經心有所屬了。」

「心有所屬。」笑著，我點了點頭。

「對啊！」喬喬笑得很開心，「所以，搞不好哪天妳就會告訴我，說妳突然喜歡上子樂學長了呢！」

我白了喬喬一眼，不想理會她很故意的玩笑。

18

當晚，我又失眠了。

最近兩次失眠，都非常明顯和顏子樂有關係，但我還是非常不願意承認。

上一次失眠，是心裡對他有滿滿怒意的關係，一想到白天與他互動的經過，我就氣得睡不著覺。但是今天，我卻不知道爲什麼，明明沒有動怒，還是因爲他睡不著覺。

到底爲什麼？

我睜開眼睛，看著走道對面的床鋪，面向小忱摺得好整齊的棉被發呆。

「小聿，妳睡不著啊？」在我上舖的喬喬突然問。

「對呀！」我側躺，歪著頭往上舖看去，「我吵到妳了喔？」

「沒有啦！」床鋪發出「喀吱」的一聲，顯然是喬喬挪動了身子。每次喬喬要對著下鋪的我說話時，床鋪就會發出這樣的聲音，「其實我也睡不著。」

「是喔？」我轉過身，仰躺著。

「也許是和阿至學長聊得太開心了，整個腦袋都是阿至學長講話啦、微笑啦，各種表情的樣子。」

「唉，這就是暗戀的滋味。」

「也許吧！甜甜的，又帶著一點不確定的哀愁。」喬喬嘆一口氣，「我發現我真的好喜歡好喜歡阿至學長喔！」

「我了解。」雖然看不見喬喬說話的表情，但是聽著她溫柔的語氣，就可以想像她說這句話時，雙頰上淡淡的紅暈。

儘管我心裡和喬喬一樣，萬分期望阿至學長最後能夠和喬喬交往，一有任何機會，我也一定會像今天一樣，替喬喬製造與阿至學長獨處的機會。但是一想到這種不太可靠的一見鍾情，一想到阿至學長這麼受歡迎，我還是不免擔心，喬喬期待這麼高，萬一最後失望了該怎麼辦。

我咬著下唇，猶豫該不該勸喬喬暫時別放太多感情，又怕話說得太直接，會讓喬喬胡思亂想，覺得我不支持她。可是，身爲喬喬的好朋友，如果沒有提醒她，將來阿至學長眞的有女朋友，或是有喜歡的人，甚至決定和別人交往，那麼，喬喬一下子投入這麼多感情，不是受到更大傷害了嗎？

我吸了一口氣，決定還是將我的顧慮說出口。

「喬喬。」

「嗯？」

「我希望我這麼說，妳不要認爲我是潑妳冷水喔！」

「沒關係，妳說。」

「阿至學長眞的沒有女朋友嗎？」

「妳看到他和哪個女生在一起嗎？」喬喬拔高了音調緊張地問我，還特地從上鋪的小樓梯爬下來，坐在我床邊盯著我看。

「沒有，妳也太激動了吧？」我也坐起身，看著緊張的喬喬。

「我以爲妳看見他和誰牽手之類的嘛！」喬喬嘟著嘴，拍了拍胸口。

「沒有啦！」我背靠在床邊的牆壁上，看著喬喬，「喬喬，雖然之前總是和妳鬧來鬧去，開妳玩笑，但是……因爲是妳的好朋友兼好室友好姊妹，我覺得我眞的有必要提醒妳。」

「妳說。」

「我知道妳一向是那種敢愛敢恨的女生，喜歡上了，就想要勇敢去追求。只是我擔心妳一下子投入這麼多，之後受的傷會更重。」我嘆了一口氣，「我講這些，妳不要在意喔。」

「不會啦！」喬喬微微地笑了。

「妳長得又漂亮又可愛，個性也很好，不然，也不會同時有好幾個人在追妳。」我抿抿嘴，思忖了一下自己想說的話，「只是，愛情這種事情很難掌握，而且阿至學長又是這麼出風頭的人物，搞不好哪一天，哪一天他……」

「小聿，妳想告訴我，像阿至學長這麼出風頭的人物，圍繞在他身邊的女孩太多，相對的，他的選擇也多，說不定哪一天，他就突然告訴我們，他決定和哪個女孩交往了，是嗎？」

我看著喬喬幾秒，很訝異她的冰雪聰明，也很訝異她對我的了解，「對。」

「如果眞有那麼一天，我一定會很傷心的。」

「所以，我才想要提醒妳，別一下子在學長身上投入太多感情。」

「謝謝妳，小聿。」喬喬點了點頭，「喜歡上了，我就想勇敢、專注地去追求，就算失敗也沒關係。」

「可是……」我皺著眉。

「小聿，那我問妳，如果今天我們的立場對調，喜歡上阿至學長的人換成是妳，妳會怎麼做？」

我認眞想了一下喬喬假設性的問題，「我……我不知道，不過，我想我一定沒有妳這麼勇敢。」

「但是，面對自己喜歡的人，與其什麼也不做，爲什麼不採取一些行動，爭取機會呢？」喬喬看著我，「我希望有一天，如果小聿遇到愛情了，也可以和我一樣勇敢而主動，就像妳不希望我受傷一樣，我也希望妳遇到愛情時，能夠努力抓住下一秒就可能溜走的機會。」

在這個當下，我才發現喬喬對阿至學長的喜歡眞的很深很深，好像已經到了一種……除非喬喬自己，否則沒有人可以改變的程度。

這是我第一次看見平時愛開玩笑的喬喬不一樣的一面。

喬喬非常認眞地看著我，「不過，妳剛剛也說啦！我就是那種敢愛敢恨的女生，所以如果阿至學長眞的拒絕了我，我一定會狠狠大哭一場，可能還會失魂落魄一陣子。現在告訴妳我一定會堅強，也絕對是騙人的。但是……」

「但是什麼？」

喬喬沒有馬上回答我，倒是很燦爛地笑了笑，「但是能夠勇敢地去喜歡一個人，也是很開心的一件事情啊！」

「喬喬……」我驚訝地看著喬喬。我原本想說服她，反而被她好漂亮的燦爛笑容說服了。

19

接下來的日子，眞的比我原先想像的要忙碌一百倍。

大一的必修課程本來就比較多，五天裡有三天都是滿堂，除了要準備平時課堂上老師的作業，還有幾堂課需要繳交分組或是個人的報告。因此，扣除掉學生會每個星期固定會議的行程，能夠玩樂的時間眞的少了很多。

我趴在寢室的書桌前，將今天課堂上老師規定繳交個人報告與分組報告的時間，一一謄寫在行事曆上。我翻到這個星期的頁面，看到今天的欄位，才發現上面寫著小小的「小組會議」四個字，旁邊還寫著下午五點三十分。

小組會議？

完蛋了！我怎麼會忘記，糟糕！

我立刻像觸電般跳起來，把行事曆丟進包包裡，拿起學生會的記事本，飛也似地往宿舍門口衝去。

一路上，我盡可能地拔腿快跑，邊跑邊看手腕上的錶。已經遲到十分鐘了，如果可以，我希望能夠盡量縮短遲到的時間。

當我跑到辦公室門口時，我又看了一眼手錶，氣喘吁吁地敲敲門。直到裡頭的人說了一聲「請進」，我才打開門，走進辦公室。

「對不起，我遲到了。」我直接走到沒有人坐的位置前，滿臉歉疚地對大家說。爲了表示我的歉意，我還微微地鞠了個躬，「眞的對不起，下次不會了。」

「先坐下吧！」阿至學長笑了一下。

看見阿至學長及小靜學姊的微笑，讓我愧疚的心放鬆了不少。只是，我坐下來時，才發覺坐在阿至學長身邊的人竟然是顏子樂。而他也正好給了我一個讓我重新陷入愧疚又害怕的深淵裡。

我皺起眉頭，趕緊移開與他目光接觸的視線，假裝認眞地打開記事本，還煞有其事地把包包裡的藍筆拿出來，看著正在說話的阿至學長。

不是小組會議嗎？那個討厭鬼怎麼會一起開會？

等一下會議結束後，不知道他又會怎麼羞辱我了。

我嚥了嚥口水，想著等一下會議結束後該怎麼避開他的「攻擊」。

「對不對，小聿？小聿？小聿！」

「啊？」突然聽到小靜學姊叫了我的名字，我才想起現在該關心的重點不是顏子樂，而是這場會議才對。

但是，剛剛小靜學姊說了什麼？糟糕。

「小靜說，這場活動由妳和她爲主要籌備人。」顏子樂緩緩說出這一段話。

看見顏子樂犀利的眼神，我立刻偷瞄了筆記本。我之前記下了上一次的會議紀錄，「對呀，是去年辦過一次的繪本義賣活動。」

小靜學姊露出滿意的笑容，開口繼續說：「目前的工作時程，還是按照上次開會安排好的時間表進行。下個星期，我和小聿會將詳細的計畫書完成，除了活動舉辦方式以及時間之外，到時候需要各組支援的工作分配也會列上。」

「嗯，到時候更確定細節了，再召開一次工作會議。」阿至學長做了總結，「阿樂，你有沒有什麼要補充的？」

「沒有，」顏子樂笑了笑，「大家加油。」

排定了這次繪本義賣的活動由我和小靜學姊一起擔任主要籌備者的角色，所以在會議結束後，小靜學姊請我留下來，說她想和我討論一下這次活動的時程。原本以爲阿至學長以及顏子樂會和其他人一起離開，沒想到他們還繼續窩在辦公室。

小靜學姊仔細地向我介紹去年的活動，並且把去年的計畫書拿給我參考。在一旁討論其他事情的顏子樂和阿至學長偶爾也會插上一兩句話，給我們很不錯的意見。

「小聿，那這本計畫書妳帶回去參考，我去年也是主要籌備人員，」小靜學姊帶著微笑看我，「我在想，如果妳不反對，今年的計畫書交由妳來完成好嗎？」

「交給我完成……」我停頓了一下，不是想推掉工作，只是沒料到小靜學姊會將這麼重要的工作交給我。

「小聿別誤會喔！我沒有把工作全推給妳的意思。」小靜學姊伸出食指，很鄭重地解釋。

「沒有，我不會誤會的。」小靜學姊突然嚴肅起來，讓我尷尬了一下。

「是啊！這是我們學生會的傳統，」阿至學長插了話，幫我化解當下的尷尬，「爲了讓成員都有成長的機會，每一次活動的主要籌備成員，都會安排新舊成員互相搭檔，這樣能讓新加入的學弟妹更快學到東西，也可以早一點上軌道。」

「我懂，眞的。」

「那麼，有什麼爲難嗎？」

「喔，」我急忙揮了揮手，餘光又瞄到顏子樂看向我的眼神，「沒有，我會努力完成的。」

「嗯，寫完之後，記得先給我看過喔。」小靜學姊用期許的眼神看我。

「好的，沒問題。」

「來，這份紙本給妳。」小靜學姊抿了抿嘴，將去年的活動計畫書遞給我。

「謝謝學姊。」

我接過來看了一眼。計畫書頁數不超過二十頁，卻讓人感到沉甸甸的，然後，我對著學姊笑了笑。

「對了，資料櫃裡應該有去年的活動光碟，裡頭有很多可以參考的資料，別忘了看一看喔！」

「好，我會記得的。」

「嗯，我想想還有沒有什麼事情……」小靜學姊抓了抓頭，看起來很認眞地在思考，「應該大致就這樣了，有什麼問題再隨時跟我說！」

「好，謝謝學姊。」

「呼！相信今年的繪本義賣活動，我們會辦得很成功的。」

我點點頭，看著學姊臉上充滿熱情的神色，即使我完全沒有把握，也只能盡量用最熱情的語調說了「加油」。

「對了，你們還會待在這裡嗎？」

顏子樂點點頭，「嗯，我和阿至還有一些東西要討論。」

「我正好也要打一下剛剛的會議紀錄，還是我們叫便當外送？」小靜學姊提議。

「好啊！」阿至學長笑了笑，「小聿，沒事的話，也一起留在這裡吃飯吧！」

「我……」不自覺地，我又往顏子樂的方向看了一眼。

「對呀！就一起吃吧！」小靜學姊也說。

因爲不好意思拒絕，我只好接受學姊的提議，留在這裡和他們一起用餐。

不久後，便當送到了。但是學姊才吃了幾口，就接到一通電話，必須馬上離開。

「我室友又把鑰匙鎖在家裡了。」小靜學姊蓋上便當盒，攤了攤手。

「哈！看來眞的需要打個十把備分鑰匙，藏在門外各處才行。」

「對呀！」小靜學姊收拾著桌上的東西，「我要去英雄救美了。」

「難爲妳了。」

「啊，不對！」小靜學姊突然大聲叫了出來。

「怎麼了？」

「我差點忘記，我機車借給雅芬了。」

「所以妳現在沒有機車可以趕回去嗎？」顏子樂停下原本夾了一口飯的手，看著小靜學姊。

「對呀！」

「那妳室友現在在住處門口嗎？」

「嗯。」

顏子樂點頭，放下筷子，也跟著蓋上便當盒，「我載妳回去好了。」

「可是你的便當……」

「沒關係，帶回去再吃就好。」顏子樂說完，眞的站了起來，然後將便當放進塑膠袋裡，看向阿至學長，「阿至，那我們晚上再電話討論好了。」

「嗯，好啊！路上小心。」

「會的。」顏子樂點點頭，背起放在一旁的背包，看了我一眼。我心裡正猶豫該不該和他說「路上小心」之類的話，沒想他卻對我說了句，「妳等一下就跟阿至一起離開吧！」

「喔……好。」什麼意思？這是什麼奇怪的叮嚀。

「阿至，小心看著這個冒失鬼，別讓她驚動我們的大門警報器。」果然一開口就沒好話。我咬牙切齒地瞪著他，直到他離開，我都只是看著桌上的便當，沒有再看他一眼。

「看來，妳和阿樂的僵局還沒有化解喔！」

「不會有化解的一天吧！誰要和那個討人厭的傢伙化解僵局！」我停下筷子，扮了個極醜的鬼臉。

「看你們兩個人的樣子，眞的就像喬喬說的一樣。」

「喬喬說了什麼？」

「她說你們是標準的歡喜冤家啊！」

我急急地反駁，「看來喬喬還沒向學長你更新資訊。」

「更新什麼資訊？」

「我已經正式聲明，我和顏子樂才不是什麼歡喜冤家。總之，你們說我們是仇家或是冤家都好，但絕對和『歡喜』兩個字無關。」

「這麼嚴重啊？」

我堅定地點點頭，「我承認一開始是我惹到他沒錯，但後來我已經決定採取『以退爲進』的逃避策略，盡量減少和他的接觸了，但他……哎喲！你沒看到剛剛那個情況嗎？我一直乖乖低頭吃便當，連呼吸都小心翼翼的，他偏偏就是要說那些讓人恨得牙癢癢的話，你說他是不是標準的討厭鬼？」

阿至學長沒有馬上回答我，卻是「哈哈」地笑得好大聲，「也許，妳對阿樂來說是很特別的喔！」

「特別？」我拔高了音調，「是啊！特別地厭惡。」

「幹麼把事情說得這麼悲觀？」

「不是悲觀，是認清事實，跟他不對盤就是不對盤，」我不自覺地嘆了一口氣，「我想，他就是會這樣一直討厭我吧！只要我還在學生會。」

「看來妳很篤定。」

「對啊！不過，這些話，希望學長不要跟他說。」

阿至學長露出一個了解的笑容，「放心，不會的。」

「謝謝。」看阿至學長說得這麼誠懇，我不自覺地感到很放心，於是我又夾起青菜放進嘴裡，「對了，學長……」

「嗯？」

「我可以問你一個問題嗎？」

「好，請說。」

「可是你先答應我，一定要回答我喔！而且要回答實話。」

「這是眞心話大冒險嗎？」

「差不多是，不過，是單向的大冒險。」我特別強調。

「聽起來不是一個公平的遊戲。」

「可是你剛剛已經答應我了。」因爲擔心太強迫學長，於是我又給了一個轉圜，「好啦，學長如果聽了問題眞的不想回答也沒有關係啦。」

「好，我盡量，妳問吧！」

「學長，你現在有交往的對象嗎？」

「問這種問題！」學長哈哈地笑了笑，「妳覺得呢？猜猜看。」

「不能直接公布答案嗎？」

「猜中的話，我想我可以……」

「可以怎麼樣？」

「嗯，剛剛看妳好像對活動的籌畫有點疑問，不然，我可以免費當妳的顧問。」

「眞的？」

「嗯。請猜吧。」

我抓抓頭，認眞地想了想。但我突然發現自己對阿至學長的認識淺到不能再淺，根本無從推測起，最後憑空說了一個我心中希望對喬喬有利的答案。「沒有。」

「賓果。」阿至學長倒是乾脆，對於公布答案完全不龜毛。

「我猜中了？」我睜大眼睛，心裡替喬喬高興著。

「嗯。」

「太棒了！那我就放心了。」

「放心什麼？」

「喔，沒有啦！」我尷尬地笑了笑，「我在想，有你這位專業的顧問，我就可以放心了啊。」

「原來如此。」阿至學長溫和地笑著，「所以，小聿要幫我介紹女朋友嗎？」

「介紹？」我搖搖頭，「學長，你很誇張耶！我聽喬喬說你有一堆親衛隊，像你這麼受歡迎的人，還會需要別人介紹嗎？」

「把我說得這麼神？」

「對啊！喬喬把你說得……」我擔心透露太多，反而壞了喬喬的好事，所以止住了話，「我是說，喬喬和我們班一些同學，都把你和顏子樂講得非常神。你那麼受歡迎，怎麼可能需要我介紹？」

「哈！」

「那……學長，你相不相信一見鍾情？」

「一見鍾情嗎？在我身上沒發生過，不過我覺得我還是相信。」

「那很好啊！」

「很好什麼？」

「沒什麼啦！如果有一個很棒的女孩向你告白，而且說她對你一見鍾情，你會接受嗎？」

「這問題……有點難回答喔。」

「你想一下嘛。」我睜大眼睛，一心只想幫喬喬問出個所以然。雖然知道就算學長的每個回答都能符合我心中的期待，也不代表他和喬喬就能修成正果，只是覺得，只要學長不排斥，那喬喬的機會應該就更大了。

「愛情這種事，其實是要看感覺的。」

「所以呢？」

「對我來說，也許會有那種第一眼印象還不錯的女孩，不過眞正要討論到交往，我想還是要相處過才知道。」

「嗯，」我摸摸下巴，很努力地搜尋腦子裡的資料庫，想把握這天時地利又人和的好機會，把所有可以幫喬喬蒐集到的資訊一次問清楚。「那學長有沒有對哪個女生印象不錯呢？像同班同學啊，或是學生會裡。」

阿至學長挑了挑眉，「當然有。」

「有？」我很驚訝，心情像等待金馬獎得獎名單揭曉一樣緊張。

「有啊！就是印象不錯。」

「是那種可能發展成喜歡的好印象喔！」我再次強調。

「嗯。」

「那……我可以問那個人是誰嗎？」答案愈來愈逼近，就像頒獎人已經拆開得獎名單一般令人屏息以待。

正當學長緩緩開口要說什麼時，我的手機突然響了起來。

眞該死！哪個程咬金啊？

我拿出手機，看了一下螢幕上的來電顯示，是喬喬。

「喂？嗯……我和阿至學長還在這裡啊！妳要過來嗎？嗯。那拜囉。」

「喬喬會過來嗎？」

「沒有，她和雅芬學姊討論完事情，也剛吃完飯回到宿舍。」

「嗯。」

「那學長……剛剛的問題……」

「這個問題的答案，我可以暫時保留嗎？」學長提起了右眉。

「啊……」典禮上的頒獎人沒有唸出我支持的入選者名字，我像洩了氣的氣球一樣失望。

「也許未來我會回答妳。」

「嗯，好吧！」我聳聳肩，心裡感到既失望又可惜，但也不能因爲這種事勉強學長，只好就此打住了。

20

「喬喬，我幫妳問了學長一些問題喔！」

一回到宿舍，我就迫不及待地把剛剛刺探到的軍情一一向喬喬稟報。而正如我預期的，喬喬臉上也露出了開心的笑容。

「小聿，妳眞的是我最好的朋友耶！」

「兼軍師。」我雙手得意地扠在腰上。其實，能幫喬喬，我也很開心。

「幸好學長眞的沒有女朋友。」

「雖然有點意外，還是覺得很開心耶。」我瞇起了眼，「這樣代表我們喬喬就更有機會了。」

「對啊！」喬喬笑瞇了眼。

「可惜，問到最後，學長保留了那個問題的答案。」我嘆一口氣，覺得有些可惜。

「對呀！不過，學長不是也說以後會告訴妳嗎？」

我點點頭，「是沒錯啦，只是，少了這個答案，好像有點不完美。」

「不會啦！」

「要不是我怕問話的技術不夠高明，擔心提早被學長知道妳喜歡他，反而壞了你們自然發展的好事，不然，我眞的很想直接問清楚學長對妳的心意。」我皺了皺鼻頭，「所以只能小心地旁敲側擊。」

「小聿眞的用心良苦耶！」

「當然囉！還是……喬喬，妳對愛情這麼勇敢，其實根本不在意我直接問學長對妳的感覺？」

喬喬陷入了思考，「再說吧！」

「嗯？」

「之後有機會的話，再說。」

「好啦！軍情報告到一段落，本姑娘要先去忙一下了。」

「忙什麼？」

我將剛剛記下了會議內容的記事本拿出來，放在我的書桌上，「這次的繪本義賣活動，是我們組內負責籌辦的，小靜學姊和我是主要負責人。」

「哇塞！第一波活動，就由小聿妳負責耶！」

「這是取笑嗎？開會的時候我已經夠擔心了，會議後，和小靜學姊討論完工作進度和分配，我整個擔心到不行。」

「這麼嚴重喔？」

「嗯，還要先寫計畫書。雖然有參考的範本，但是大家的意思好像都希望今年能和以往不同。這部分我根本就一竅不通。」我呼了一大口氣，「阿至學長還說，這是我們學生會的傳統，通常學長姊會把主導的機會讓給學弟妹，這樣才會成長得快。唉……對我這種胸無大志的人來說，只求風平浪靜就好，根本不需要這種成長的機會啊。」

「我了解。」

「所以，眞的很苦惱應該如何著手進行。」

「那就問妳的免費顧問啊。」喬喬眨了眨眼，「我的白馬王子暫時借妳用，只限活動期間喔！」

「眞謝謝妳喔！」我扮了個鬼臉。

「小聿，我覺得，我好像慢慢看見妳不一樣的一面耶！」喬喬湊近我的臉，瞇起眼睛認眞觀察我。

「什麼意思？」

「看起來，妳很想把這個活動辦好，而且很積極喔！」

我伸出食指，左右晃了晃，「李雨喬同學，妳完完全全誤會了。」

「怎麼說？」

「我一樣對這種活動提不起一絲絲興趣，」我聳聳肩，「只是想到那個討厭鬼，就不想把活動辦得太差，免得被他看不起。」

「他的看法和感覺，對妳這麼重要喔？」

我白了喬喬一眼，「完全不同的方向，別想亂引導我喔。只怪我一開始把話說得這麼死，哎呀！總之，我不想讓他看不起我。現在也騎虎難下，就把活動辦好吧！」

「有道理。對了！」喬喬像想起了什麼般地，突然睜大眼睛看著我，「那你們這次預計開多少支援缺出來啊？」

「每組出一到兩名組員，負責籌備。」

「那我向雅芬學姊爭取，這樣雖然和妳不同組，但是一起籌畫同一個活動，還是有異曲同工之妙！」

「耶！妳實在是太聰明了。」

「哈！我想明天我們的小組會議，我就先跟雅芬學姊說這件事。」

「謝謝喬喬。」

「幹麼這麼客氣，我們是好朋友耶！」

21

我想，在繪本義賣活動結束前……喔，不！是我還沒退出學生會的日子裡，我的忙碌是不會結束的。

我從來沒有寫過活動計畫，自從那次開完會，爲了不讓顏子樂瞧不起，我努力想寫出一份夠好的計畫書。除了參考小靜學姊借給我的資料，還特別去圖書館找了關於撰寫計畫書技巧的書籍來做爲參考。

下課後，喬喬和他們組員約了一起外出，要到學校附近的店家商談合作贊助的事宜，因此託我將她的課本帶回宿舍。

回到宿舍，依照這幾天行程，我同樣打開我的筆電，準備把差不多已經完成的計畫書初稿再好好閱讀一遍。才剛打開 word 檔，選好輸入法，準備滾動滑鼠時，就被突然熄滅的檯燈以及突然關機的筆電嚇了一跳。

天啊！怎麼回事？

在滿滿的疑惑與擔心資料不見的恐懼中，我才想起宿舍電梯裡張貼的停電公告。眞是的！我瞄了一眼眼前的鮮黃色便利貼，熊寶寶的紙型，像在笑我的愚蠢。前幾天看到停電公告時，我和喬喬還特地寫在便利貼上提醒自己。現在不但忘了要停電，還對那張便利貼視而不見。

我連忙裝上筆電電池，將筆電重新開機。確認資料沒問題，才安心地將資料再一次存檔。

只是，我預計今天完成計畫書的，這麼一來，應該去哪裡打資料呢？便利商店？學校餐廳？圖書館？啊，去學生會辦公室好了。這樣，如果有什麼問題，還可以在那裡找一些活動資料來參考。

收好筆電以及所有可以參考的資料後，我立刻動身前往學生會辦公室，繼續我未完成的大事業。

因爲不知道會在辦公室待多久，也擔心自己被瞌睡蟲纏上，去辦公室途中，我特地繞到行政大樓旁的便利商店，買了咖啡和一袋零食帶過去。

走到辦公室門口，氣窗透出日光燈的光，看來裡面有人。我沒有繼續找放在包包裡的鑰匙，只是敲了敲門，等到辦公室裡的人回應才推開門，走了進去。

不知道該說是巧合，還是因爲這個人待在辦公室的時間眞的太多了。

我一推開門，又看見顏子樂坐在位置上，正在打資料。

我在心裡暗叫倒楣，本來想假裝找個東西，然後趁機逃跑。但是因爲想趕快完成計畫書，於是決定按照原定計畫留下來。

尷尬地對顏子樂笑了一下，然後走到會議桌前，在離他最遠的位置坐下，從電腦包裡拿出我的小筆電。

「你們這組今天沒有會議吧？」

「喔，」我抬起頭，發現他正看著我。「沒有，因爲宿舍停電，所以我想說……想說……」

「想什麼？」

「想來這裡把計畫書打一打。我原本想去學校餐廳的，不過，這裡有資料可以參考，比較方便，所以我就……」

「妳急著說這麼多幹麼？」不知道有沒有看錯，我發現他的嘴角好像微微往上揚了一下，一下下。

對啊！明明只是一個簡單的問題，爲什麼我要解釋這麼一大串，好像一副怕他誤會我是來濫用辦公室資源的樣子。

話說回來，我幹麼怕他誤會？

「那妳到這邊來打好了！」他站起身，走到旁邊的空位，把原本放在桌上的資料稍微收拾了一下，「我們等一下要開會。」

「喔。」我蓋上筆電，「不然我還是去學校餐廳或圖書館，免得影響你們……」

「既然來了，就在這裡作業吧！」他打斷了我的話，把他自己的資料整齊地放在一旁，「有問題的話，妳也可以問我。」

「好，謝謝。」

我捧著我的小筆電，走到他旁邊的位置，再把帶來的資料以及那一袋零食都拿過去，並且將筆電的變壓器插上插座開機。

「妳是打算在這裡熬夜嗎？」他坐在我身旁，突然看著我。

「什麼意思？」

他指了指我買的那袋零食。

「你不知道零食是刺激一個人思考，激盪腦力的重要媒介嗎？」我白了他一眼，然後在登入畫面上輸入我的開機密碼。

「原來如此。」破天荒地，他竟然沒有多說什麼，語氣也異常平淡。

「你喝咖啡嗎？」看他點了頭，我把剛剛買的那杯拿鐵放在他面前，「這杯熱咖啡給你喝。」

「妳喝吧！」

「不用啦！」我打開塑膠袋，拿出一瓶鋁箔包包裝的綠茶，「我還有飲料。」

「那我不客氣了。」他接過咖啡，馬上喝了一口，「謝謝妳，咖啡也是刺激一個人靈感的重要媒介。」

「沒錯。」說完，我插上了鋁箔包綠茶的吸管，喝了一口。終於又可以打開 word 檔開始修改計畫書，我感到很安心。

想想，我自己完全搞不清楚爲什麼要把咖啡給他。那段對話之後，我們就陷入沉默，各自進入自己忙碌的事情裡。過了半小時左右，幾位準備開會的組員陸續到場。顏子樂也走到會議桌那兒，和他同組的組員討論工作進度。

會議桌那邊，大家相當認眞，討論得如火如荼，但是完全沒有干擾到我或是讓我分心，我反而相當意外。我的進度比預定的快得多，才一個小時，我就已經把原本不滿意的段落整個修改完成，只剩下從頭到尾再檢查一次的工作就好了。

保險起見，我再次和剛才一樣，每到一個段落就按一下存檔鍵。然後我伸了個懶腰，左右擺動著頭，想舒展一下微微痠痛的筋骨，順手拿起放在一旁的鋁箔包綠茶喝了一口。

此時，我的眼神不自覺往會議桌的方向飄去，看著認眞討論的組員，以及……正在說話的顏子樂。

不得不承認，他眞的是一個很有領導者魅力的人。他說話時，每個人都會專注看著他，自然而然照著他規畫的方向去思考與執行。

我拿出袋子裡的零食，拆開包裝後，一邊看著他們開會的情形，一邊一片又一片地將洋芋片放進嘴裡。在我拿起不知道第幾片洋芋片，放在嘴邊張開了嘴的同時，顏子樂突然抬起頭來，往我的方向看過來。

沒料到他會突然往我這邊看過來，害我丟臉地張著嘴愣了幾秒，最後才難爲情地閉上嘴巴，把洋芋片暫時放回塑膠袋裡。

他有話要跟我說嗎？

我皺著眉觀察他，正想用嘴型問他時，他移開了目光，又繼續回應剛才璇璇提出的問題。

搞什麼啊？我吃洋芋片也礙著你了嗎？

我在心裡抱怨著，趁他不注意時，又偷吃了一片，最後才心甘情願地把整包洋芋片放在桌上。接著拿起綠茶喝一口，再重新專注在計畫書上。

不過，不知道是不是因爲剛剛張著嘴準備吃洋芋片的樣子被他目睹個正著，再看著計畫書，好像怎麼樣都沒辦法再像剛才一樣專注。不但注意力無法集中，就連思緒也常常不自覺地往會議桌那裡飄去。

「好，那我們的會議就到此結束吧。謝謝各位。如果沒事，就可以各自離開了，大家加油。」顏子樂拿起桌上的資料，將資料整理好，然後就和小墨學長各自回答一些學弟妹的疑問。

他回答問題時，臉上漾著和善的淡淡微笑，我更加確認先前就知道的事：他和別人說話時，都是這麼親切的。

我也發現，在他那淡淡的笑容裡，好像能夠給人一種可靠的感覺，新進成員在滿滿的疑問得到解答後，都能安心且放心地離開辦公室。

原來，他也有像阿至學長一樣的溫和的一面。

原來，他只有在對我說話時，才那樣劍拔弩張地令人討厭。

我的目光停在他臉上，思緒莫名其妙地亂飛著，想了很多的事，卻沒有一樣和計畫書有關。

此刻看著他，我心裡隱約有一種感覺蠢動著，但是這種感覺很奇怪也很詭異，我無法精準地形容或定義出來。

那是怎麼了？

「小聿，沒想到妳也會在這裡耶！」璇璇走到我面前拉了一把椅子，和我隔著桌子坐了下來。

「對啊！我也沒想到我會在這裡。」我苦笑了一下，倪芳也走過來。「對了，這有一些零食，妳們要不要吃？」我問。

「不了，」沒想到璇璇也苦笑了一下。

「為什麼？這些可是我精挑細選，保證好吃的零食呢。」

倪芳先是轉頭往後看了一眼，然後小聲地說：「我們兩個在減肥。」

「減肥？」我吃驚地睜大眼睛，先是看了璇璇，然後再看看倪芳，「妳們兩個都這麼瘦了，手臂瘦得只剩骨頭，這樣還要減肥喔？」

「對啊！上大學以來，常常受不了誘惑吃消夜，變胖了不少，所以……」璇璇笑笑地說：「所以，一定要瘦回來。」

「原來如此啊。」我點點頭，「其實妳們這樣已經很剛好了耶！可千萬不要用禁食的方法減肥喔。」

看她們都不吃，我自覺到自己身材沒有她們那麼瘦，突然不好意思繼續啃食洋芋片，腦海裡想起「世界上沒有醜女人，只有懶女人」這句話。

「對了，小聿，妳怎麼會到辦公室來做資料啊？」璇璇睜著她的大眼睛問我。

「妳們沒有住學校宿舍對不對？」

「嗯！我和倪芳家都在市區。」

「眞的啊？」我雙手合十，「好羨慕喔！」

「怎麼突然問這個問題啊？」倪芳的表情看起來非常疑惑。

「我之所以到這裡來，是因爲預計今天要完成計畫書初稿。可是回宿舍打開電腦時突然停電了，我才想起早就貼在電梯裡的停電公告。」

「原來如此。剛剛進來的時候，看到只有妳和子樂學長在，我還以爲……」璇璇無辜的大眼睛因爲微笑而微微彎起。

「以爲什麼？」

「沒什麼啦！只是以爲妳和子樂學長是一起約在這裡的。」

我原本不打算多作回應，但是看著璇璇好美好精緻的五官，突然想起那天在簡餐店時，璇璇猶豫了一下，問我是不是原本就認識顏子樂。於是我擠出笑容，「不是啦！我來的時候，顏子樂正好也在這裡。」

「啊！他們都走了，璇璇，妳不是有些問題要問子樂學長嗎？」倪芳往會議桌的方向看了看，拉起璇璇的手。

「小聿，那我們先去找學長囉！」

「好啊！」我仍然笑著，指指著我的筆電，「那我繼續努力。」

「加油。」

不知道是不是因爲被璇璇試探，接下來的時間裡，我比剛剛更不能專心，不是盯著筆電螢幕發呆，就是不斷地打錯字、修改、打錯字、再修改，雖然已經盡量克制自己別一直想往顏子樂他們的方向看去，但我的耳朵，始終無法不去聽見他們的談話。明明知道他們講的全都是和學生會有關的內容，我卻不自覺想豎起耳朵聽一聽。

方聿玲，妳之前說顏子樂是竊聽狂，我看妳自己才是吧！

不行！再這樣下去絕對不行，這樣的工作狀態實在太沒效率了。我看了一眼電腦螢幕右下方的時間，打算先去吃個晚餐，回到宿舍時，電力應該也已經恢復供應了，於是我決定再次按下存檔，準備將電腦關機時，顏子樂突然叫了我的名字。

「小聿！」

「嗯？」

「璇璇她們不相信，妳快幫忙解釋一下。」

放掉滑鼠，我疑惑地看著顏子樂，「不相信什麼？」

「我們不是說好，等妳的計畫書完成，我們要留下來再討論一下，要到晚一點才會去吃晚餐。」

「喔……」我想我大概了解顏子樂的意思，「對……對啊。」

璇璇臉上閃過一抹淡淡的失望，隨即又換上洋娃娃般的笑容，「還是我們先留在這裡等學長和小聿討論完，大家一起去吃飯？」

因爲不知道該怎麼回答，我偷偷給了顏子樂一個眼神，警告他自己做結束。

「改天吧！可能需要花一些時間討論，而且我晚一點還有事情。」

「好可惜喔！」倪芳臉上表情也很失望，「那只好改天了。」

「好吧。」璇璇雖然失望，還是維持著非常漂亮的笑容，「那不耽誤你們的時間，讓你們快點討論。」

「謝謝。」說完，顏子樂拿起資料，往我這邊走過來，背對璇璇她們。確定不會被她們看見表情時，他還奸詐地對我眨了一下左眼。

最後，璇璇她們終於放棄了說服顏子樂的念頭，失望地離開辦公室。

看著璇璇和倪芳離去時的背影，我突然有一點點愧疚感。

「請問剛剛是拿我當擋箭牌，好讓自己能在漂亮的學妹面前維持形象，全身而退嗎？」我瞪著顏子樂，毫不掩飾自己的不高興。

「是拿妳當擋箭牌沒錯，但沒有維持形象這件事。」他挑挑眉，樣子很討厭。

「天知道。」我重重地哼了一聲，極端地想用這個方式來表達我的憤怒，「連什麼和我討論計畫書這種藉口都掰出來了。」

「不是掰，我是眞的要跟妳討論計畫書內容。」

我驚訝地看著他，「我有說要和你討論嗎？」

「倒是沒有，不過，學長樂意幫忙，身爲學妹妳應該要很開心才對。」

「臭美！顏子樂，你今天到底是哪根筋不對呀？」

「我才想問妳是不是在請我喝的咖啡裡下了毒，讓我這麼好心想幫妳。」

「有毛病啊你。」

「計畫書打好了嗎？」顏子樂坐回我身旁的座位，邊喝咖啡邊問。

「嗯。」

「傳給我吧！我幫妳看看。」

「你到底是想幫我看看，還是想好好地羞辱我？」我瞪了他一眼。

「隨妳怎麼想，」他仰著頭，閉上眼睛，「我只是未雨綢繆，以免妳寫得太爛，讓小靜看了之後發飆。」

「小靜學姊會發飆嗎？」我擔心地看著他。

「要是妳眞的寫得太爛的話。」他睜開眼睛，「妳應該也知道小靜的個性，她平常是很溫和，但對於公事……」

我腦海裡突然浮現那天開會時，小靜學姊在會議上發言的嚴肅模樣，然後瞄了一眼螢幕上的檔案。

「妳有上MSN嗎？」

「有。」

他輕輕「嗯」了一聲，快速地在便條紙上寫了他自己的帳號，「把我加入，傳檔案給我。」

「喔。」我想我又被他領導者的魅力所震懾，竟然乖乖接過他遞來的便條紙，打開MSN視窗，將他加入好友名單裡。

「好了，傳過來吧！」

「喔。」再一次，我又乖乖聽話了。

「給我十分鐘。」說完了這一句簡短的話，他又喝下一口咖啡，專注地看著螢幕。

而我在一旁很無聊，只好繼續吃著零食，喝著我還沒喝完的鋁箔包綠茶，直到他再度看向我，開口說話。

「方聿玲。」

「嗯？」我放下手中的零食，仔細觀察他臉上的線條，有種大事不妙的感覺。

他微微側身，嚴肅地看著我問：「妳知道這份計畫書不只是給我們組員看，還要上呈到學校，也要給未來要合作的繪本出版社看嗎？」

我吸了一口氣，「我知道。」

「既然知道，那請問妳眞的有用心寫這份計畫書嗎？」

「有啊。」

「如果這叫認眞，那世界上所有的人都可以說自己很努力了。」

「顏子樂！你是什麼意思？」

「就是說妳不夠認眞的意思。」他把話說得很直接，在我聽來很傷人。

「哼。」

「這份計畫書文字段落都很ＯＫ，但沒有用心。妳只是單純用活動計畫者的角度去撰寫這一份文件，完全沒有試著用學生會之外的學校方面和合作廠商的角度去思考。」他嘆一口氣，「這麼說好了，妳試著去想，如果妳是學校的主管、校長，或是合作廠商的決策者，看到這一份計畫書，妳會願意蓋章同意嗎？」

我看著他，原本帶著滿滿的怒意，想大聲罵人的，竟然在聽完他的話之後說不出半個字。

面對這種使我不甘心的事，我一向不是那種只會默默忍受的人，但爲什麼此刻在他面前，我卻變得連自己都不像自己。

「也許這句話很殘忍，但我還是要說。」他停頓了幾秒，「我覺得這個活動對妳而言，就只是個工作任務而已，我完全感受不到妳想辦好這個活動的心。」

「顏子樂！」我站起來，覺得自己體內被滿滿的憤怒、難過以及慚愧填滿。看著他，我拳頭緊握著，因爲用力，微微顫抖了起來，「就算我的熱忱遠不及你的百分之一，就算我的認眞比不上學生會其他人，就算我原本是爲了其他目的加入學生會，但你憑什麼這樣踐踏我的努力！」

「方聿玲……」他微皺著眉頭。

「總之，你就只會一味地要求別人而已。」淚水在我眼眶裡滾動，我不想被他發現，刻意低下頭收拾桌上的東西。

「我只是想讓妳知道妳的計畫書裡缺了什麼。」

「是嗎？」我依然努力地忍住眼淚，加快了收拾東西的速度，「但我始終覺得，從一開始，你就是拿了放大鏡在看我。」

「我承認一開始是這樣，但是……」

我拉上筆電提袋的拉鍊，「顏子樂，你眞的是個不折不扣的討厭鬼。」

23

在顏子樂面前，我撐著沒有讓眼淚掉下來。我不願意讓別人看見自己哭，更不想在顏子樂面前流淚。最後，一直到走出辦公室，用最快的速度衝出行政大樓的大門，我的眼淚才終於落下，控制不住地一滴一滴往下掉。

怕回去宿舍會引起室友們擔心，於是我跑到女生宿舍附近的樹下，想要一個人哭個痛快。

在涼涼的樹蔭下，我弓起了腿，下巴靠在膝蓋上，覺得心裡有非常多的委屈與難過，淚水不斷滑落，腦海中，一再浮現顏子樂剛剛說話時嚴肅的表情。他口中蹦出的字字句句，似乎都具有利刃般的殺傷力，一刀一刀劃著我的心。

每想一次，就劃一次。

我發現此刻心情很複雜，好像不單單只是難過或委屈而已，好像有更多不知名的情緒，不斷吞噬著我的快樂。

但是，除了難過與委屈，讓自己哭成這樣的情緒又是什麼？

是自認爲已經很努力，卻還是被冠上不用心的罪名而感到不平，是一種被整個赤裸裸地檢視了一次的不悅，是一種讓人很不舒服的被否定感，特別是因爲被顏子樂批評之後，我眞的十分不開心。

可是，爲什麼我會因爲顏子樂這個人的批評特別不高興、特別難過呢？

是因爲不想在他面前認輸嗎？還是……有什麼其他原因？

我不但又想起了他剛剛嚴肅的表情，還連帶想起再早一點的時候，他和璇璇還有倪芳說話時，那種溫和又親切的樣子。

臭顏子樂，爲什麼你對別人就那麼好，對我就這麼機車？爲什麼對待別人的標準可以很寬鬆，對我好像特別嚴格？你爲什麼總要拿著放大鏡從頭到腳檢視我的錯誤，特別找我的麻煩呢？

顏子樂，我眞的很討厭你。

「妳果然在這裡。」有一個熟悉的聲音說著，在我哭了好久之後。

「阿至學長？」抬起頭，學長站在我面前。我先看了他一眼，然後又低下頭，看見我和他的鞋尖距離只有短短的二十幾公分。

「喬喬說妳應該在這裡。」

我知道阿至學長剛剛一定也看見我正在哭，但我還是偷偷擦掉臉頰上的淚，希望能夠快點冷靜下來，不想在別人面前表現出過度狼狽的樣子。「這裡是我和喬喬不開心就會來的地方，算是……祕密基地吧！」

阿至學長走了過來，坐在我身邊，「嗯，難怪喬喬想都沒想就叫我到這裡來。」

我沉默著。

「我聽阿樂說了剛剛的事。」

「然後呢？」一聽到顏子樂的名字，我的神經又緊繃了起來，「他也在你面前罵了一遍，說我有多不用心、不努力，多缺乏熱情是嗎？」

「沒有。」阿至學長的語調平平的。

「你不用幫他說話，」我側著頭，看著阿至學長的側臉，「我覺得我可以想像他會用怎樣的方式告訴你那一切。」

「小聿……」

我吸了一大口氣，再緩緩吐出來，又想起顏子樂的嚴厲表情，原本克制住了的眼淚，又開始像斷線般一滴一滴地往下掉。「難道不是爲了興趣和熱情加入學生會的人，就注定要被丟在萬劫不復的深淵嗎？難道就因爲我沒有那種高度的熱情，就可以這樣抹煞我的付出與努力嗎？」

阿至學長沒有說話，只是微微地吐一口氣。

「被他當面批評的當下，我眞的感受到無比的難堪，好像在他面前矮了一大截，好像自己多麼膚淺，好像自己是個無能至極的人。」我用力擦掉臉頰上的淚水，「阿至學長，我當然相信熱情和興趣很重要沒錯，但沒有這些就辦不成活動了嗎？他憑什麼用這樣的標準衡量我？」

「其實，每個人只要認真，都可以辦好一個活動，但熱情和熱血，才是讓一個活動辦得成功、辦得有生命力的關鍵。」

我看著阿至學長的側臉，他的眼神正看向前方，往好遠、好遠的地方看去，「生命力……」我喃喃地唸起來。

「小聿，妳可以想想看自己從小到大參加過的活動，哪些活動有趣又好玩，哪些活動卻枯燥乏味得讓人想逃開。」阿至學長深邃的眼神又注視著我，「想清楚之後，再去認真地想一想，當時那些帶領活動的人，哪些給人感覺舒服又充滿熱情，哪些又明顯只是在應付一個工作任務而已。」

我仔細思考了一下阿至學長的話，好像突然明白了一點點阿至學長所要表達的東西。

看我沒有說話，他又繼續開口，「這兩種不同特質的人，一定影響了妳參加活動時的感受吧！」

我又想了一下，「嗯……」

「這些話，是阿樂要我告訴妳的，用我的名義。」阿至學長苦笑了一下。

我看著阿至學長，皺了皺眉。

阿至學長拍拍我的頭，「他大概覺得，由我來說的話，妳會比較聽得進去。」

我將視線從阿至學長臉上移開，對於這句「妳應該比較聽得進去」，覺得納悶，於是我又將下巴靠在膝蓋上，低頭看著自己的鞋尖。

「他憑什麼自以爲是？」

「他不是自以爲是，是因爲擔心妳。不然也不會在妳一離開辦公室後，他就撥電話給我了。」

「我不相信。」我用力擦掉眼淚，反而因爲阿至學長轉告的話更加難過，眼淚也掉得更快了。

「也許阿樂把話說得太重，但我知道他是爲了妳好，也希望妳可以更棒。」

「所以就這樣羞辱我嗎？」

阿至學長苦笑了一下，「其實我覺得，那是因爲妳。」

「什麼意思？」

「他對妳的期許很高。」

「哈！」我邊哭邊笑，樣子一定很好笑，「那你眞的誤會了。」

「我很了解阿樂的。」

我根本不相信。從被淚水模糊了的視線看著阿至學長的側臉，卻從他的眼神裡，隱約地看見了他的肯定。

我停頓了幾秒，「不管怎麼樣，對我來說，他都是一個不折不扣的討厭鬼，我就是討厭他，討厭至極！」

「是討厭嗎？」阿至學長的語氣裡好像有一種淡淡憂傷的情緒。

我疑惑地皺著眉，「沒錯，是討厭。」

「但是，我身爲旁觀者，看起來會覺得那是一種在乎。」

「在乎？」我用非常不屑的語氣重複了阿至學長的話，「我對他是避之唯恐不及，怎麼可能在乎他？」

接下來的幾分鐘裡，我和阿至學長就像完全失去交集的兩個人，在沉默中，各自陷入了思考。我低頭看著鞋尖，偶爾看見了滴落在鞋尖上的眼淚。

「小聿……」

我吸吸鼻子，偏過頭看著阿至學長，「嗯？」

他的臉上好像有一種淡淡的情緒，我不知道該怎麼形容，「怎麼樣才能讓妳開心一點？」

沒料到阿至學長會問我這樣的問題，我疑惑地盯著他，擦掉眼淚，擠出笑容，「我現在已經好多了。」

「那就好，」阿至學長露出溫和的笑，指著我的筆電，「計畫書的檔案，妳儲存在筆電裡嗎？」

「對啊。」

「既然上次已經答應要當妳的顧問，不如現在就幫妳看看，討論一下是我們一起修改，還是我幫妳修改之後，妳再想想有沒有要補強的部分？」

我思考了幾秒，「學長，謝謝你，我想要自己完成這個計畫書，靠自己的力量和大家一起辦好這個活動。因為，我不想讓那個討厭鬼看不起我。」

阿至學長表示了解地點了點頭，「好吧！不過，如果需要幫忙，別忘了我這個顧問永遠都在。」

「謝謝你，有任何問題的話，一定會請教學長的。」

24

那天之後，也許是好勝心的催化，爲了不被顏子樂瞧不起，我竟然全身充滿了動力，全心全意地想辦好活動。不僅把借回來的學生會活動光碟以及小靜學姊的計畫書看了好幾遍，也盡可能讓自己的心情沉澱下來，好好思考應該怎樣寫好計畫書，並且把活動辦得「具有生命力」。這眞是連我自己都始料未及的情形。

最後，在喬喬的鼓勵與陪伴，以及阿至學長擔任「免費顧問」的協助下，我終於在小靜學姊與我訂好的時程內，完成了一份小靜學姊也很滿意的計畫。聽說小靜學姊向來是高標準的人，能得到她的認可，我眞的很開心。

而在學生會全體開會之後，我們計畫書裡的工作項目已經做好分配，喬喬也順利地向雅芬學姊爭取到參與這次活動的機會。雖然喬喬主要的工作不會和我一起，但能夠共同努力，這樣我們都很開心。

和顏子樂在學生會辦公室起衝突之後，一方面因爲忙著修改計畫書以及擬定活動流程而忙碌著，一方面則因爲自己更刻意地避開顏子樂，所以我和顏子樂在這一個多星期以來，幾乎沒有交集。就連學生會開會時，我也會盡量避開他，會議結束就和喬喬立刻離開。

「會議結束，請小靜和小聿在這週內開出出版社提供義賣的繪本書單。」顏子樂坐在主席位置上，往我和小靜學姊的方向瞄了一眼，「有問題嗎？」

「沒有。」小靜學姊說。

「那書單開出來後，就可以正式進入籌備階段了。」阿至學長先是在會議資料上寫了幾個字，然後抬起頭告訴大家。在大家都紛紛應了聲之後，又繼續低頭寫字。

「那，大家加油，散會。」

顏子樂宣布散會。還有其他課程的同學已經先離開，但仍有不少同學留在辦公室裡討論自己組內的工作。而我和喬喬約好開完會要一起去圖書館，也就留在辦公室邊收東西邊等喬喬和雅芬學姊討論事情。

「小聿，這次計畫書修改得很完整喔！」阿至學長收好東西，突然開口說了這樣的一句話。

不知怎麼的，我明明知道說話的是阿至學長，眼神卻忍不住往顏子樂的方向瞄了過去，「幸好有學長和喬喬的幫忙，還有小靜學姊做最後的把關。」

「妳太客氣了，我們看得出來妳很用心修改。」

「謝謝。」我苦笑了一下，想快快停止這個話題，因為我一點也不想在顏子樂面前說這些，尤其是關於「用心」這兩個字的話題。

「子樂學長、阿至學長……」璇璇和倪芳不知道什麼時候走到我身邊，用甜甜的聲音說著，「待會兒我們想到上次那家簡餐店吃飯，一起去好嗎？」

「好啊！」阿至學長溫和地笑了笑，「反正我等一下沒課。」

「那……子樂學長呢？」璇璇帶著微笑，一樣是迷人的洋娃娃模樣。

「嗯，我都好。」

「那等一下大家就一起去囉！」

「好。」不知道是不是我的錯覺，顏子樂答應了璇璇的邀約時，好像正巧看了坐在他斜對面的我一眼。

「小聿也一起來吧？」阿至學長問。

我猶豫了一下，看了面無表情的顏子樂一眼，「說好了等一下要和喬喬到圖書館去，所以……」

「喬喬！」阿至學長揚聲喊著。

喬喬和雅芬學姊正在研究一份文件，聽見阿至學長的聲音，轉頭往我們這裡看了過來，「阿至學長，什麼事？」

「璇璇約大夥兒一起去簡餐店吃飯。」阿至學長用有點開玩笑的語氣說著，「妳和小聿不能一起去嗎？」

喬喬和雅芬學姊說了幾句話之後，才走到我身旁，「因爲，我和小聿約好要去圖書館了呢。」

「那……」阿至學長笑了笑，「就改個時間啊！」

「不然，大家一起去好了。喬喬，我們沒討論完的，也可以在簡餐店裡討論啊！」沒想到連雅芬學姊也摻了一腳，「小聿，怎麼樣？」

喬喬爲難地看了我一眼，看大家都興致勃勃的，我也不好意思掃興，只能尷尬地苦笑著答應，「好吧。」

25

這次的聚會人數並沒有上次的多，就顏子樂、阿至學長、小墨學長、雅芬學姊、小靜學姊、璇璇、倪芳、喬喬，還有一位小墨學長的同班同學和我。出發時，我們還是稍稍地刻意安排，成功地讓喬喬搭上阿至學長的車，而我也避開顏子樂，由小墨學長的同班同學載我。

因爲和小墨學長這位同班同學是第一次碰面，一路上，爲了避免尷尬，不同於之前搭顏子樂的車的沉默，我想了好多話題和這位學長聊。

「學妹，妳和阿至載的那個學妹是同班同學嗎？」

「不只是同學，我們還是室友呢！」

「哈哈！這樣啊！」他從後視鏡看了我一眼，再將視線移向前方。

「學長，你是不是和學生會的人都滿熟的呀？」

「對呀！因爲我之前也是學生會成員，上個學期才退出的。」

「爲什麼？」

「其實我是小墨的學長啦！」

「嗯？」

「我比小墨他們大一屆，之前因爲打工和參加學生會的關係，加上自己太愛玩，常常蹺課，期末被當了好幾科。」

「是喔……」

「所以我爸媽下了最後通牒，不准我打工，也不准我再參加學生會，不然他們就要對我採取『斷糧策略』。」

「學長的爸媽眞有趣。」

「要是妳看到他們罵我的樣子，就不會覺得他們有趣了，」學長嘆了一口氣，「再說，這次我也想要順利畢業啦。」

「所以，是因爲學生會眞的太忙囉？」

「只能怪我自己太愛玩啦！」他哈哈地笑了兩聲，「學生會忙歸忙，但辛苦得很值得。」

「辛苦得很值得……」重複了學長的話，不知怎麼地，從後視鏡看著他，我突然想起了「熱情」兩個字，也不自覺地想起顏子樂。

「我相信妳一定會在學生會裡得到很多收穫的。」

「眞的嗎？」

「嗯，我相信。」

「學長……你之前爲什麼會參加學生會呢？」

學長想了想，「我高中時也參加過學生會，上了大學，就選擇加入了。」

「聽起來，學長也是對學生會這樣的組織很熱中、很有熱忱囉！」

「這個嘛……我不誇張，熱忱的部分我是眞的從沒少過，雖然比起前面那兩個人啊，還是差得遠了。」

「是顏子樂和阿至學長嗎？」我好奇地往前看一眼，看見騎在我們前方的阿至學長和顏子樂。

「他們才是我見過最熱中於學生會的人。」

「是嗎？」

「不然妳以爲他們能高票當選學生會會長和副會長，只是因爲他們長得帥嗎？」

我對著後視鏡苦笑了一下，「沒、沒有啦！」

「老實說，我有一部分的動力，也是被他們激發出來的，」學長停頓了幾秒，「尤其是阿樂。」

「什麼意思？」

「咦？今年的繪本義賣活動，應該也在進行籌備了吧？」

「開始籌備了，是小靜學姊和我規畫的。」

「這樣啊。」

「嗯，不過這跟我們原本的話題有什麼關係呢？」我不解地笑了笑。

「繪本義賣活動，是阿樂和阿至一起創辦的。」

「難怪我看其他的活動資料，好像都有好幾屆的歷史，唯獨繪本義賣活動，這次是第三屆。」

「對啊！當時他們兩個只是大一新鮮人，費了好大的力氣才說服那一屆的會長和其他人支持這個活動，而且辦得很成功。」

我只是點點頭，並沒有說話。

「那一年，學生會除了原先預定要辦的會議與活動之外，還有四校聯合舞會要舉行，人力上的分配有些吃緊。」學長轉了彎，跟著前方阿至學長的車往右轉進一條較小的路，「所以大家難免抱持著能避就避的心態。」

「意思是說，大部分的人都不支持繪本義賣活動囉？」

「嗯，當時雖然最後表決通過舉辦這個活動，但是有些大二以上的夥伴因爲要忙其他活動，無法全力協助，因此這個活動的幾乎全是和他們一樣的大一成員負責。」

「然後呢？」

「一開始的籌備期間，有心的人經驗不夠，有點經驗的人，又不認眞看待這個由大一成員提出的活動案。」

「後來呢？」我挑了挑眉，看著鏡子裡的學長，意外發現自己好像在聽一個有趣的故事，有股很想趕快知道後續發展的心情。

「後來，阿樂和阿至幾乎每天下課後就到學生會來，開始忙這個活動的大小事，計畫書、活動內容規畫、廠商接洽、活動期間工作分配……反正大大小小的規畫事宜，全部都是他們倆一手包辦的。」

「好……」我停頓了一下，想起我之前連計畫書都搞不定，「好厲害。」

「最後，大家被他們感動了，漸漸地，也認眞參與其中。」

「也包括當時的你嗎？」

「是呀！我那時候也很慚愧，結果就這樣不知不覺地被激起熱情呢！」

「嗯……」

「對了！妳剛剛說這次的活動，是妳和小靜一起籌備的吧？」

「是的。」

「那要加油喔！」因爲紅燈的關係，我們停了下來。

「我會的，謝謝學長。」像是聽到了一個好故事，有種得到正向能量的感受。眞要用言語形容，卻又無法確切表達出來。於是我對著後視鏡，用微笑做爲我最大的回應。

當我用微笑回應學長時，看見顏子樂正巧停在我們斜前方。他微微側身，正帶著微笑和坐在後座的璇璇聊著。

原本我想假裝什麼都沒看到，轉過頭，將臉撇向另一邊，卻不知爲什麼，視線始終停留在璇璇放在顏子樂腰際的手上。

26

眞奇怪，明明是同一家簡餐店，明明是一樣的餐點，爲什麼上一次覺得餐點好美味，這一次卻覺得味道普通，而且絲毫引不起我的食慾呢？

是因爲聽了學長說的話，所以也被顏子樂和阿至學長的努力與認眞感動了？還是因爲突然能夠理解顏子樂對這個活動的心情，對於他的特別嚴苛稍微釋懷了？

或者，其實是因爲……因爲瞥見了璇璇的手親暱地放在顏子樂腰間，有那麼一點不開心？

不會的。

我盯著手中湯匙上的焗烤飯，皺了皺眉，想要忽略此刻心裡的猜測。但那種隱隱約約的確定感，卻好像一再地提醒自己，就是這麼一回事。

但是，顏子樂這麼討人厭，我爲什麼要在意哪個女生和他特別親密，哪個女生和他特別聊得來呢？

我偷偷瞄了瞄顏子樂，他坐在離我最遠的位置。我看見他那種帥氣又溫柔的笑，和來的路上一樣，他仍然和璇璇聊得很開心。

「小聿，妳不舒服嗎？」

收回我對顏子樂的觀察，我尷尬地笑了笑，看著坐在我對面的喬喬，「沒……沒有啊！」

「那妳怎麼都沒什麼吃？」喬喬指著我的焗烤飯。

「喔！有啊，我在吃啊！」我立刻舀了一匙放進嘴裡。

「小聿，是不是心情不好？」喬喬再一次小聲地問。

我搖搖頭，礙於還有其他人在場，我選擇了暫時隱瞞喬喬，「因爲還不餓。」

喬喬果然是我的好姊妹，她給了我一個很有默契的眼神，意思是她不相信我的話。於是她在桌下踢了踢我的腳，「小聿，陪我去上廁所。」

「喔，好。」我放下湯匙，用紙巾擦了擦嘴，跟著喬喬站起來，往洗手間的方向走去。

沒有走進洗手間，喬喬拉著我走到洗手間旁的樓梯口，「小聿，妳是不是心情不好？」

我聳聳肩，「大概是吧！就是沒什麼胃口……」

「妳怪怪的喔！」

「哪有。」看喬喬坐在樓梯的台階上，我也坐了下來。

「少來，我李雨喬又不是第一天認識方聿玲。」

我看了喬喬一眼，因爲不知道該從何說起，於是我嘆了一口氣，「其實我也不懂自己到底是怎麼回事，心情就是悶悶的。」

「妳說說看嘛！有我這個方聿玲專屬的心事達人在，再怎麼難以啓齒還是要講啊！不然悶在心裡多難受。」

我又嘆了一口氣，「剛剛在路上，和載我的那位學長聊了很多……」

「聊什麼？」

「先是閒聊，然後說到之前阿至學長和顏子樂剛進學生會時的事情，他說……」我很快地把剛剛學長說的事大致地告訴喬喬。

喬喬聽完，先是思考一下，點了點頭，「難怪他們對活動的要求那麼高，也難怪那天子樂學長會對妳說那樣嚴厲的話。」

我苦笑了一下，「雖然我心裡還是對他那種嚴厲又討人厭的態度感到生氣，但老實說，學長的話，讓我有一種奇怪的感受，好像眞的能夠理解顏子樂的想法，而且……」

「而且怎麼樣？」

「先說好，不可以告訴別人！」我皺著眉，用食指指著喬喬，直到喬喬點頭之後，我才繼續說：「聽完學長講以前學生會發生的事，我心裡被震撼了，也有一點難堪，一方面覺得自己眞的很不應該，被顏子樂討厭好像眞的是活該，另一方面，又覺得他眞的很讓人佩服……呃，就是突然覺得他眞的滿用心、滿厲害的。」

「喔？」

「怎麼樣啦？」看喬喬的樣子，我難為情地移開眼神。

「這是我第一次從妳口中聽到對他的稱讚耶！」

「對呀！」我抿抿嘴，「我也沒想過自己對他會有正面評價，哈。」

「可是，對他改觀，心情幹麼悶悶的啊？」喬喬偏著頭，「這倒是很奇怪。」

「誰說我對他改觀了？」我皺了皺鼻子，反駁喬喬。

「好，不是改觀，是發現一點點的好。」

「嗯，本來就是。」

「妳還沒回答我，爲什麼心情會悶悶的？」

我聳聳肩，「我不知道。」

「不可能！妳一定知道。」喬喬像偵探要辦案一樣看著我，眼神突然變得銳利起來，「今天開會時妳的心情還不錯，說要一起來簡餐店吃東西，妳也很ＯＫ，該不會是……是跟子樂學長有關係吧？」

「什麼意思？」喬喬的話讓我的心揪了一下，腦袋浮現出半路上停紅燈時看見的畫面，「好像、好像是因爲……」

「因爲什麼啦？不要賣關子。」

「今天，在一個十字路口等紅燈時，看見璇璇的手放在顏子樂的腰上，心裡有點怪怪的……」我嚥了嚥口水，「而且看到他聊天聊得這麼開心，有點……」

「有點不是滋味？」沒等我說完，喬喬就打斷我的話。她把眉毛挑得高高的，眼神裡好像有那麼一絲絲知道答案的自信。

「嗯。」

「方聿玲，妳真的很遲鈍耶！」

我的頭被喬喬敲了一記，「哎喲」地叫了一聲，「幹麼打我啦！」

「妳八成是喜歡上子樂學長了！」

「我喜歡顏子樂？」我睜大眼睛，忘記控制音量，大聲地叫了出來。

「沒錯，可能性很高。」

「怎麼可……」我想反駁喬喬的話，還沒有講完，樓梯口的門正好被推開來。原以為會是簡餐店的服務人員，沒想到是璇璇和倪芳。

「小聿，喬喬！原來妳們在這裡聊天啊！」

我看了喬喬一眼，尷尬地回答了璇璇，「對啊！」

「大夥兒差不多要離開了，我們想先上個洗手間，順便來跟妳們說一聲。」

「喔！謝謝。」喬喬站了起來，然後體貼地拉了我一把。

「沒有打擾到妳們說話吧？」

「不會，眞的要謝謝妳們來找我們呢！不然我們鐵定會被放鴿子。」我笑了笑，不知道是不是我多心，但我總覺得在璇璇的笑臉裡，好像有什麼不同的情緒。

27

「妳們跑到哪裡去了啊？」小靜學姊開玩笑地說：「我剛剛才問阿至，我們的兩個小學妹該不會被綁架了吧！」

「沒有啦！」我揮了揮手，忙著否認的同時，正好看見顏子樂看向我的眼神。

「剛剛小聿有點不舒服，而且胃口又不太好，我們去過洗手間之後，就在樓梯口那兒聊天了！」

「原來是這樣，那現在有沒有好一點？」雅芬學姊也關心地問。

「嗯，好多了。」我努力地擠出笑容，卻因爲璇璇回到座位時拋給我的一個微笑，內心有種不自在的感覺。

我喝了一口紅茶，偷偷觀察了璇璇和倪芳的表情。不知道這是不是所謂的做賊心虛，但我的直覺一直不斷告訴我，她們一定聽到了我和喬喬的談話。

不過，話又說回來，眞的像喬喬說的，我喜歡上顏子樂了嗎？也不是沒談過戀愛，被喬喬這麼一提醒，才想起了過去的戀愛經驗。高中一年級，和初戀男朋友交往之前，總是特別在意他，會因爲他對哪個女生特別好，忍不住有點吃醋。只是，當時的心情很單純，在意就是在意、吃醋就是吃醋，連「喜歡」都是一種很單純的感覺，但爲什麼此刻我會分不清自己對顏子樂的感覺呢？

我的腦子裡不斷思考這件事的當下，學姊已經請服務生過來幫我們結了帳。大家已經都站了起來，拿起隨身的包包。要不是喬喬適時地拍拍我，拉著我和大家一起走出簡餐店，我搞不好還傻傻地坐在位置上，直到人去樓空了才發現。

「小聿，剛剛大家提議要一起去看電影，我們明天再去圖書館好不好？」

「明天啊……」我猶豫了幾秒，「阿至學長也要去嗎？」

「嗯，是阿至學長提議的。雖然是大夥人一起，但是看電影是最好的愛情催化劑嘛。我明天再陪妳去圖書館，好嗎？」喬喬露出無辜的表情，雙手合十地看著我。

「大家都會去嗎？」

「好像是，我看他剛剛也討論得很開心。」

想了幾秒，雖然心很心動，但是想到還有一些未完成的事，不得不拒絕喬喬，「你們去好了，我明天還要跟通識課的同學開會，等一下自己先坐公車回學校去。」

「眞的嗎？」

我點點頭，露出讓喬喬安心的笑容，「嗯，記得要好好把握機會。」

「沒問題。」

「走吧！」我推推喬喬，「其他人都在門口等了。」

走出簡餐店大門，我走到大家面前，「不好意思，因爲必須去圖書館找一些資料，所以我還是得先回學校才行。」

「小聿，一起去啦！」站在一旁的雅芬學姊湊了過來。

「明天的課很滿，空堂又要開會，只能利用今天的時間了。」我爲難地笑了笑，然後看了小靜學姊一眼，「不然小靜學姊已經把書單都開出來了，只剩我的還沒完成，這實在太丟臉了啦！」

雅芬學姊聳聳肩，「那好吧！還是把事情做完比較安心。」

我指著前方，「前面應該有公車站，我等一下自己去搭車就好了。謝謝學長剛剛載我過來，下次再一起聊天。」

「好呀！」學長小聲地說：「再跟妳說多一些以前學生會的八卦。」

喬喬拍拍我的手，「小聿，我們回宿舍再聊。」

「好，我去等車囉！大家再見。」我向大家揮了揮手，眼神不由自主地飄向站在店門旁角落的顏子樂。他正好背對著我們在講手機，所以我並沒有看見他的臉。我向大家說了再見，便往公車站牌的方向走去。

我快快地過了馬路，才剛走到公車站牌，還在研究站牌上密密麻麻的路線表，我的手機便響了起來，是喬喬。

「喂？」

「小聿，妳還沒上車吧？」

「我還在看該坐哪一號公車，怎麼啦？」

「是子樂學長要我打電話給妳的，他要妳等他。」

「爲什麼？」

電話裡，喬喬說得很急，「反正妳等子樂學長就對了，我們要出發囉！拜拜。」

我摸不著頭緒，將手機收回包包裡，然後站在站牌旁，開始猶豫如果等一下公車來了，我是不是應該直接上車。遠遠地，卻看見一個騎著機車的熟悉身影，很快地朝我這個方向過來，最後在我面前停下。

「上車吧！」顏子樂將安全帽遞給我。

「喔。」我戴上安全帽，很聽話地坐上後座，然後兩人又陷入沉默。

騎了大約一百公尺，在一個路口停紅綠燈時，顏子樂才開口說話，「妳的手一直放在後面，會不會有點危險？」

「所以要像璇璇那樣親密地抓著你嗎？」我十分訝異自己竟然說出這樣的話，也暗自後悔這一時的衝動。

「不是親密，只是比較安全。」

「喔。」我把手放在顏子樂的腰上，輕輕地放著，腦海裡卻在這個時候又浮現了璇璇親暱的舉動。

我想我眞的是吃醋了，而且被喬喬一語道中，我眞的喜歡上顏子樂了。

原來，這段日子以來，在不知不覺中，當我還自以爲自己對顏子樂恨得牙癢癢的，當我一味地告訴自己絕對不能輸、不能被顏子樂瞧不起時，在潛意識裡，我其實是悄悄地在意他，甚至偷偷關心他的一切。

雖然經由喬喬的點破，才讓遲鈍的我發覺原來自己眞的喜歡顏子樂，這情況實在是太突然了點，但認眞地回想起這段時間以來和他的相處點滴，我發現自己的目光，好像眞的在不知不覺中，經常悄悄地追隨著他的身影，漸漸地開始在意起他，在意他對我的看法，甚至悄悄地對他產生了好感。就算沒有喬喬的當頭棒喝，不久之後，我一定也會發現自己的心已經悄悄地住進了顏子樂……

但是，現在發覺自己喜歡他，又有什麼用呢？

從我第一次見到他的那一刻，喔，不，是從我還沒遇到他，他光聽見我和喬喬談話內容的那一刻起，不就注定了他和我之間的恩怨了嗎？

他現在一定也很討厭我吧！討厭我這個爲了其他動機而加入學生會的人，討厭我一開始寫了一個極爛的計畫書還沾沾自喜，更討厭我只是把學生會的活動看成一個工作任務看待。儘管我的確因爲完成了被大家認同的計畫書而開心，儘管我也愈來愈喜歡學生會的一切，儘管我發現自己對於活動的辦理愈來愈有興趣、愈來愈眞心接受，但他又不是我，怎麼可能發現我的轉變呢？

我從後視鏡裡看著他，心裡有一種說不出的難受。

「小聿。」看我沒有回應，顏子樂拍拍我的手，「小聿？」

「嗯？」

「我問妳的問題，妳聽到了嗎？」

我尷尬地笑了一下，「沒有耶！你可以再說一次嗎？」

「聽喬喬說，妳要去圖書館找繪本的資料，是嗎？」他也從後視鏡看了我一眼，而那種眼神，現在對於我來說，居然有了難以形容的吸引力。

「對，想找找看有沒有其他可以參考的書。」

「那到學校之後……」

「喔！你就直接回去吧！」以為他要說他另外有事，我急急地打斷了他的話，「我自己去圖書館就好了。」

「就這麼不想我陪妳一起去嗎？」

「啊？」怎麼會不想！我心裡ＯＳ。

「那我們一起去。」

「好啊！」我苦笑了一下，「不會耽誤你時間的話。」

我有點後悔，為什麼不直接拒絕顏子樂陪我來圖書館的提議。

因為光是從學校停車場走到圖書館的路上，我就幾乎要因為和他獨處的沉默悶到窒息了，不但心臟莫名其妙跳得好快，腦袋也陷入一片空白。總之，就是一直處在「很不像方聿玲」的情境裡。

「有沒有先列好一些書單？」他用他溫柔而低沉的嗓音問我。

沒料到他會突然開口，我著實嚇了一跳，「有，有些是我和小靜學姊上網查的，有些是廠商主動說可以提供的。」

「嗯，」他點點頭，「數量夠嗎？」

「不太夠，所以應該可以再找一些兒童文學類的書籍，看看還有沒有適合的繪本，直接列出來再和廠商談。」

「那到圖書館之後，妳先把書單給我，我可以先就圖書館裡有的書，確認一下繪本的內容，妳另外去找相關的參考書籍，這樣比較快。」

「謝……謝謝。」我嚥了嚥口水，突然發現自己很不擅長對他說這種有禮貌的話，明明只是兩個字，還講得這麼吞吞吐吐。

「不客氣。」他瞥了我一眼，然後走上圖書館外的階梯，「如果妳今天表現得好，我帶妳去一個地方。」

「嗯？」我有沒有聽錯什麼？他是說我如果「表現得好」嗎？應該沒有聽錯才對，

但是……

「啊！」因爲分心，我漏踩了一階階梯。當我重心不穩差一點要跌倒時，顏子樂反應很快，轉身伸手抓住了我的手臂。

「小心！」他的力量很大，緊緊抓著我，還迅速走到我旁邊扶住我，以免我跌下階梯。

「嚇死我了。」我緊張地喘著氣，實在感到很慶幸。

「沒事吧？」他一樣溫柔地問我，和我的距離又更近了些，「我放開手囉？」

「嗯，沒事了，謝謝你。」我苦笑了一下，不知道是因爲差點跌倒還是因爲和顏子樂太靠近，我發現心臟跳動的速度異常地快，快到我很擔心被顏子樂發現，所以隨即退開一步，「走吧。」

他輕輕應了聲，和我一起步上階梯。走到圖書館門口，他又停了下來，「妳今天……」

「嗯？」我看著他。

「有點怪怪的。」

「沒有啊，哪裡怪。」我口是心非，但心臟再次撲通撲通地跳得好快。

「就是和平常不一樣，剛剛在簡餐店裡也沒吃什麼東西。」

「簡餐店？」我睜大了眼睛，「你明明坐得離我那麼遠，又知道我吃了多少？」

「我就是知道。」他聳聳肩，「要做好會長這個角色，是需要敏銳觀察力的。」

「鬼扯。」我抬頭看著他，重重地哼了一聲。

「還是哪裡不舒服？」他竟然伸出手，將溫暖的手心貼在我的額頭上，然後喃喃自語地說：「也沒有發燒……」

沒料到他會有這樣的舉動，我緊張得急忙又往後退開一步，「沒有發燒啦。」

「那就好，走吧！」說完，他就轉身走進圖書館。

28

進到圖書館，我們在中文書區的角落選了一張四人座的位置，然後將包包放在位置上，按照剛剛顏子樂的分配，兩個人各自尋找需要的書籍。

我在架上找出與兒童文學有關的參考書籍，捧著六、七本書回到座位時，我看見顏子樂已經坐在位置上，正認真地看著手中的繪本，嘴角似乎還微微上揚著，像個大孩子般沉浸在繪本的世界裡。

放下手中的書，我輕輕拉開椅子，在他面前坐下。我打開其中一本書，想要抄下作者推薦的書目時，眼神不自覺地偷偷飄向他，看著他認真的臉。

方聿玲……妳的轉變會不會太快了一點？或許該問妳怎麼會這麼遲鈍，連喜歡上一個人都要喬喬提醒妳，妳才知道自己已經陷進去了。

我看著顏子樂，發現正如喬喬之前說的，他的確外型很出色，也難怪璇璇和其他女孩會這麼喜歡他。想著想著，我又想起他載著璇璇時，和璇璇聊得很開心的畫面。

「有事嗎？」他抬起頭，將已經看到最後一頁的繪本闔上，用氣聲問我。

我搖搖頭，也用氣聲回答他，「沒事。」

「那妳幹麼一直看我？」

「我一直在做筆記啊。」我用誇張的嘴型告訴他。但低下頭時，卻驚覺我的謊言有一個很大的漏洞。因為我根本連筆記本都還沒翻開，哪裡像是一直在認真做筆記的樣子呢？

「快寫吧，加油。」顏子樂一定也看穿了我的謊言，卻出乎我意料之外，他沒有戳破，只是在催促了我之後，就拿起另一本繪本繼續閱讀。

「嗯。」我笑了笑，然後翻開筆記本，開始把需要的訊息一一記錄下來。得到他的鼓勵，我發現自己像得到了什麼神奇魔力似地，很有鬥志地翻閱過一本又一本的書，甚至還在心裡立下「今天一定要把這件事情搞定」的豪語。

我相信自己一定可以完成今天預訂的工作進度，因爲坐在我面前的這個男孩，已經給了我好大的力量。

在圖書館待了四、五個小時，已經把資料抄得差不多，而且也看了好幾本繪本，最後我和顏子樂決定把兩本比較新的書籍借出圖書館，再仔細讀一讀。於是我們快快地整理好東西，一起離開圖書館。

「這兩本書該不會也是今天要看完的吧？」他體貼地幫我拿著借閱的兩本書，突然問我，然後走到紅磚道旁的白色涼椅坐了下來。

我也跟著坐下，指了指封面，「嗯，這兩本是網路上很多人推薦的，我猜裡面一定有很多寶，剛剛沒來得及看完，所以帶回宿舍繼續啃。」

他點點頭表示了解，目光卻從我臉上移開，望向前方，而且還沉默了好幾秒，最後才緩緩開口，「小聿，妳愈來愈努力了。」

我看著他，然後笑了，大概是因爲從他口裡聽到稱讚，我不自覺開心了起來，「對啊！你知道爲什麼嗎？」

「爲什麼？」

「有一部分是因爲我不想輸給你。」

「喔？」

「雖然整個情況不能相提並論，但我還是不想輸給當時也同樣是大一的你。」

「阿至跟妳說的？」

我搖搖頭，「搭學長的車去簡餐店時，在路上聽他說的。」

「哈！竟然這樣洩我的底。」

「那時候……」微微側身，我看著坐在一旁的顏子樂，「你都沒想過要放棄嗎？」

「完全沒有。」

「可是大家的配合度很低，不是嗎？」

「我和阿至都相信，只要有心，就可以完成活動。」顏子樂聳聳肩，露出好溫暖的笑，「那時候，我一心只想爲育幼院的孩子們多做一點事，哪怕只是這一點點小到不能再小的事情。」

從他溫暖的笑容裡，我好像突然也懂了他的話——那天他看完計畫書，嚴厲地責備我之後，請阿至學長幫他轉達的話。

「顏子樂，我因爲宿舍停電，去辦公室製作資料那天，阿至學長說，後來是你請他來找我的。」我嚥了嚥口水，停頓幾秒，「是嗎？」

「嗯，當時覺得有一些話想讓妳明白。」

「關於熱情與生命力的話題？」

「沒錯。」

「那爲什麼不直接告訴我？」我拋出了我的疑惑。

「我承認，當時我情緒也不好。」他嘆了一口氣，「而且，妳正在哭，肯定也不會想看到我，更不會想聽我說的任何一句話。」

我看著他，沒有回應，心裡暗自佩服他的料事如神。

「哈！但是，如果是阿至，就會完全不同了。所以我想都沒想，就打電話給阿至。」他苦笑了一下，「而且，後來看妳這麼積極，計畫書完成得這麼漂亮，我就更加確認了這一點。」

「當然，阿至學長又不像你這麼機車。」我輕哼了一聲。

「只是因爲這樣嗎？」

我歪著頭，納悶地看著顏子樂，總覺得他講這句話時，眼神裡好像藏著什麼情緒，

「什麼意思？」

「喔，沒什麼。」

「這麼神祕，話都說一半了……」我吐了一大口氣，「其實，那天回去之後，我想了很多，好像眞的有那麼一點點懂了。」

「嗯？」

「連主辦人都不夠投入的活動，根本就不用妄想能多有趣，也只會變成一種流於形式的工作任務吧！」

他笑了，很溫柔又帥氣的那種，「那麼，妳願意原諒我嗎？」

「原諒什麼？」他的話讓我忍不住驚訝。

「那天對妳太嚴厲。」

「顏子樂，你是眞心地問我嗎？還是又挖陷阱給我跳？」我皺著眉，根據我對他的認識，實在很難相信他會爲了這種事情向我道歉。

「老實說，當下我完全不覺得自己的話是不是太過分。」他聳聳肩，「就連我打電話給阿至，請他去找妳時，我還是覺得……」

「覺得我罪該萬死？」我瞇起了眼，質問他。

「哈哈！這是妳說的。」

「然後呢？」

他又笑了，這次是很溫柔的那種笑容。接著，他拉開了背包的拉鍊，從裡頭拿出一本淡藍色筆記本，「因爲這個。」

我接了過來，雖然這只是一本很普通而且到處都買得到的筆記本，但是看了一眼封面，我立刻知道那是我最近找了很久的筆記本，「怎麼會在你這裡？」

「那天妳匆匆離開，把它忘在辦公室了，我要離開辦公室時發現的。」

「所以？」

「很抱歉……我看到封面上妳寫了『學生會工作任務』，確定不是妳記錄心情的手冊，我就擅自翻開看了，眞的很對不起。」

我隨意翻開筆記本，上面寫滿了之前找到關於計畫書寫作的要點，還有一些和小靜學姊討論的紀錄，「沒關係。」

「因爲這樣，我才發現了妳的用心和認眞，眞的很對不起。」他抿抿嘴，「這些日子以來，其實我一直想找機會向妳道歉，但是我知道妳一直在迴避我。」

「沒關係的，我早就不氣了。後來想想，那天會那麼失控，大概是因爲自己被看穿了，所以很羞愧吧！你懂嗎？就小學的時候沒寫功課，還亂掰藉口騙老師，卻被老師當場戳破謊言那樣。」

顏子樂微微地笑了，然後點了點頭，「我了解。」

給了他一個微笑，我又隨便翻了翻筆記本，沒想到意外地看見其中一頁上面貼了一張淡綠色的便利貼。我瀏覽了一下，再隨意地翻著。翻了翻，發現另外有幾頁也同樣貼著便利貼。我看著便利貼上的文字，「這……」

「喔！這也要請妳原諒，我想，我可以就過去的經驗，寫上一些備忘錄，這樣可以提醒一下妳和小靜，以免犯了和我當時一樣的錯誤。」

我看著他寫在便利貼上的叮嚀，心中突然好感動，於是我看了他一眼，「謝謝你。」

「別客氣，先收起來吧！回去可以好好看一看。」

「謝謝。」將筆記本收進包包，我輕輕靠著涼椅的椅背，舒服地坐著，「雖然那天的溝通並不成功，卻讓我有了新的想法，我也發覺自己是多麼膚淺無知，因爲啊！比起你和阿至學長，甚至是會裡的其他人，我眞的差得太遠了。」

「加油吧！」顏子樂又對我笑了。

我站起身，然後轉身和他面對面。他仍然坐著，我第一次以這樣俯視的角度看著他，「當然囉！因爲我絕對不會輸給你。」

「拭目以待。」他也站了起來，故意裝出非常機車的樣子，難得的俯視角度，瞬間又恢復成熟悉的仰角。

「前幾次聽你講這四個字，我眞的眞的覺得非常刺耳，而且覺得你討人厭到了極點，不過現在……」我笑了笑，「感覺好像好多了。」

「是嗎？」

我點點頭，發現此刻的心情像要飛起來了一樣，好輕鬆。「對了！」

「嗯？」

「你剛剛是不是說要帶我去什麼地方？」

他點點頭，抿起的嘴唇好像藏著淡淡的笑，「我是說妳表現好的話。」

「什麼表現好？評比的標準是？」

「這裡。」他指著他的胸口。

「好不客觀。」我扮了鬼臉。

「妳沒聽過『公道自在人心』這句話嗎？」

「是聽過，不過還是覺得你強詞奪理。」

「哈！但是要恭喜妳通過考驗，等一下就帶妳去。」

「到底要去哪裡？」

「待會兒妳就知道了，不過離學校有一段路程，妳要不要先把這些書拿回宿舍？」

「好啊！」我瞄了他手上的書一眼，「那我們現在先回女生宿舍吧！」

「等會兒記得多穿一件薄外套。」

「謝謝你。」

「那我們現在算是握手言和了嗎？」他伸出手，高高地舉在我眼前。

「沒錯。」我笑著，握住了他大大的手，發現由他掌心傳來的溫度，好像一股暖流悄悄傳到了我心裡。

29

「這是哪裡啊？」我拿下安全帽，看看停車場的四周，納悶地問顏子樂。
「等一下妳就知道了。」他接過安全帽，然後指著前方，「走吧！」
「喔……」我愣了幾秒，跟著他往前走去。大約走了兩分鐘的路程，我才知道這裡是什麼地方。
才剛踏進育幼院，就聽見一群孩子熱情地喊著，「阿樂哥哥！阿樂哥哥！」
「嗨！小寶，今天院長有沒有講故事？」顏子樂蹲了下來，很快地將那個叫小寶的小朋友抱了起來。
「對啊！院長今天講了睡美人的故事。」
「喔？那下次小寶講給阿樂哥哥聽，好不好？」
「好啊！」小寶天真地笑了，還用他大大的眼睛看著我，「咦？這位姊姊是阿樂哥哥的女朋友嗎？」
「不，不是！」我急忙揮揮手，下一刻突然覺得自己的反應好像大了點，立刻做了修正，給了小寶一個親切的笑容，「姊姊是阿樂……阿樂哥哥的朋友。」

「原來是這樣……」小寶點點頭，然後又天眞地開口，「可是阿樂哥哥從來沒有帶女生來過，姊姊一定是阿樂哥哥喜歡的女生。」

我繼續揮著手，「不是啦……」

「小寶，你眞是人小鬼大耶！好啦，你們差不多要去洗澡了，阿樂哥哥去找院長聊一下天。」

「嗯，那下次阿樂哥哥也要再帶姊姊過來喔！」

顏子樂將小寶放了下來，瞄我一眼，「好，如果姊姊也有空的話。」

「阿樂哥哥、大姊姊，拜拜。」小寶很有禮貌地說完，便往教室裡跑了進去。

「阿樂，你來了？」一位女士不知什麼時候站在我們後方，笑盈盈地看著我們。

「院長媽媽！」轉身，顏子樂很熱情地抱了抱那位女士。

「這位是……」慈祥又親切的院長先是回應了顏子樂的擁抱，然後就像對待自己的小孩一樣拍了拍顏子樂的肩，並且看了我一眼。

「院長您好，我是顏子樂學生會的夥伴，我叫小聿。」我笑笑地打了招呼。

「小聿妳好，哈哈！我們阿樂從來沒有帶過阿至以外的朋友來喔！」

「眞的啊……」

「嗯，所以，我們阿樂一定把妳當作很不一樣的朋友。」

「不是啦，其實是因爲……」原本想把「表現良好」這個原因說出口，但又覺得實在有點詭異，於是我最後只好以笑收場。

「院長媽媽，妳別鬧小聿啦！」顏子樂笑著說：「對了，這次的繪本義賣活動，小聿也是主辦人之一喔！」

「眞的呀？」院長的笑容一直很溫暖，「有你們這樣付出，這群孩子眞的很幸福，我幫這群孩子謝謝你們。」

「院長媽媽，妳怎麼這麼說。」顏子樂拍拍院長的背，「這些是我應該做的，妳和其他老師這麼辛苦，我們做的根本微不足道。」

「阿樂，你眞是個好孩子。」院長擦了擦眼角，似乎是因爲感動而眼眶泛紅了，「對了，你們要不要留下來和孩子們一起吃晚餐？」

顏子樂看了我一眼，「妳覺得呢？」

「院長，改天好了，等會兒回宿舍還有些事情要完成呢！」

院長表示了解地點了點頭，「好啊！那小聿下次再和阿樂一起來？」

「好，一定。」我也給了院長最眞心的微笑。

「這家店的湯麵很好吃。」顏子樂夾起白色的麵條放進嘴裡。

「光是聞湯頭的味道就很不賴了。」

「嗯，快吃吧。」

我點點頭，先是喝了一口熱呼呼的湯，接著也夾起了麵條，開始享用眼前這碗很道地的陽春麵。

「好不好吃？」顏子樂一臉期待地問我。

「好吃，」我很配合地豎起大拇指稱讚，「這家店生意好好。」

他轉頭看了一下正在排隊的客人，「幾乎每次來都這樣，阿至也說很好吃。」

「真的很好吃啊！」說完，我又喝了一口湯，「對了，所以，育幼院的孩子們就是你執意要爭取辦理義賣活動的動力來源嗎？」

「沒錯，妳感受到了嗎？」

我點點頭，腦海中不僅浮現出一進育幼院時，在庭院裡遊戲的幾個孩子高興地向顏子樂打招呼的畫面，也想起了小寶和院長的笑容。除了更能明白顏子樂當時的堅定，也隱約感覺到自己心裡好像瞬間充滿動力。

「妳今天不是問我當時有沒有想過要放棄嗎？」

「嗯。」

「那群孩子的笑臉時時刻刻都在鼓勵著我，我怎麼會有放棄的念頭呢？」

「顏子樂……」他的話，好像有一種魔力，讓我的心瞬間被滿滿的感動填塞。

他輕輕地笑了笑，「院長媽媽和老師們，還有育幼院裡所有的孩子，都是我努力的動力。」

「嗯……」因爲有股想流淚的衝動，於是我趕緊低下頭，假裝很認眞地品嚐這道地的美食。

和顏子樂陷入了幾秒鐘短暫的沉默之後，他突然叫了我的名字，「小聿。」

「怎麼了？」我看了他一眼，擔心他發現我眼眶泛淚，又趕緊低下頭，繼續吃著陽春麵。

「他們都是我的家人，而且那裡也曾經是我的家。」他用他低沉的嗓音，說出了這樣的話。

我抬起頭，顏子樂正認眞地看著我。「你的家？」

「嗯，上小學之前，我一直是住在那裡的。」

「那後來呢？」有一股酸酸的情緒，彷彿哽在我的喉嚨裡。

「小學一年級時，我現在的爸媽領養了我。」

他坐在我對面，我放下筷子，以爲會從他臉上看見悲傷的情緒，但相反的是，我不但沒有在他臉上看見悲傷，反而看見了堅定又樂觀的表情。我眼眶裡打滾的眼淚，終於不受控制掉了下來。

「傻瓜，妳哭什麼？」他放下筷子，溫柔地笑了，伸出手抽一張面紙，體貼地替我擦掉不斷湧出的淚。

「先說好，別濫用妳的同情心喔！」他認眞地看著我，「我從來不會埋怨自己的身世，相反的，院長媽媽和其他的老師給我很多的愛，也給了我好多兄弟姊妹。」

「你這個討厭鬼……」我吸吸鼻子，想很有氣勢地瞪著他，視線卻被淚水弄得好模糊，「誰說我會同情你！」

「那就好。」

「這些事情……」我接過他手中的面紙，胡亂擦著臉頰上的淚水，「你怎麼現在才告訴我？」

他哈哈地笑兩聲，「在今天之前，我們都處於交惡的狀態，妳覺得妳會願意讓我多說兩句話嗎？」

我噗哧地笑了出來，「顏子樂，你很煩耶！」

在我又哭又笑像極了一個笨蛋的時刻，對他的了解也更多了一些些，對他的喜歡……也多了那麼一點點。

30

顏子樂送我回到宿舍之後，我走進寢室，像個急著想知道老師在成績單上寫了什麼評語的小學生，立刻將那本筆記本翻開。看著裡頭一張張寫滿了叮嚀的便利貼，愈看，愈覺得感動，鼻子一酸，眼淚又忍不住地往下掉。

雖然顏子樂說，他這麼做是避免我和小靜學姊犯了和他一樣的錯，但我此刻還是好感動、好感動，心裡突然有一股很奇妙的力量，期許自己日後能好好記住顏子樂的提醒，將活動辦得完美，也希望自己能做得比他好，得到他眞心的欣賞。

最後，我連借來的書都沒有看，就直接爬上床，呈大字型躺著。回想今天和顏子樂相處的點點滴滴，還有他在麵店時所說的話，以及說那些話時的開朗笑容，眼眶又不自覺地溢滿了淚水。

我沒有騙他，我並沒有因爲他所說的故事，對他產生任何一絲絲同情，反而因爲他的堅強與樂觀，以及他積極想爲育幼院做些什麼的表現，而深受感動。

我想起了過去的自己，也了解到，現在自己在學生會所做的，原來是一件這麼有意義的事。

過去，就像姊姊說的一樣，我對於很多事情都十分漠然，提不起興趣，就連對一些有意義的活動都缺乏熱情，總是覺得只憑自己小小的力量，根本不能改變什麼。但是這樣的我，在陰錯陽差加入學生會之後，有了不一樣的想法。尤其遇見顏子樂，我覺得自己的心似乎一再地被撞擊，不管是一開始和他的爭鋒相對，或是握手言和之後的相處，現在的方聿玲，好像一直一直在改變。

而我，似乎愈來愈喜歡這樣的方聿玲。

我一直記得阿至學長說的話。

「我覺得熱情這種東西不是絕對的，有時候是正好遇見了一件事，有時候是突然的一種感覺。」

我抓起放在一旁的包包，從裡頭拿出我的手機，在電話簿選單裡找到了阿至學長的電話。

「喂？」等待的鈴聲才響了三聲，阿至學長就接起電話。

聽到阿至學長的聲音，我突然想起自己可能破壞了喬喬和阿至學長的甜蜜約會，「阿至學長，你們看完電影了嗎？」

「看完了。」話筒裡除了阿至學長的聲音，我還聽見吵雜的聲響，「我們正在逛夜市，喬喬也在。」

「眞的啊！那我要和喬喬說話。」我坐了起來，爲喬喬和阿至學長的進展感到莫名興奮。

「喂，小聿，妳回到宿舍囉？」

「對啊！」

「今天沒有和子樂學長起衝突了吧？」

「我們大打出手，」爲了忍住笑，我還用手摀住嘴巴，「可能我激怒他了，嘴角被他揮出來的拳頭打中。」

「眞的假的？妳不要緊吧？」話筒裡喬喬的聲音好大，我彷彿已經看見她臉上那種驚訝地表情。

「騙妳的啦！」

「妳要嚇死我啊！那你們沒吵架吧？」

「沒有，而且，妳一定料想不到，我和他握手言和了。」邊說，我邊想起在涼椅前他伸出的大手。

「太好了！」

「對啊！而且，我覺得內心現在充滿了好多正向的能量喔！」

「眞的嗎？」

「嗯，好啦！等妳回宿舍，我再和妳分享。」

「好啊。」

「多晚我都會等妳的，看來妳今天很甜蜜喔……」我嘿嘿地笑了笑，用曖昧的語氣說：「看電影、逛夜市，最後再來個浪漫夜景之旅，哇塞！」

「妳別鬧了啦！」話筒裡喬喬的聲音好像刻意壓低了音量，「小聿，我今天有機會的話……」

「有機會的話，怎麼樣？」

「可能會向阿至學長告白吧。」

「眞的嗎？」我的腎上腺素突然急速分泌。

「要幫我祈禱喔！」

「加油，妳一定會成功的，妳可是大美女李雨喬耶！」

「謝謝。」喬喬停頓了幾秒，「對了，妳打電話給阿至學長，是要說什麼嗎？」

喬喬的提醒，讓我想起撥這通電話的用意，「對喔！差點忘了，妳幫我跟阿至學長說，我終於明白他之前說過的話了，我想我遇見了屬於我的熱情。」

「好，我再幫妳跟他說。」

「謝啦，不打擾你們相處，回來要告訴我告白的經過喔！」

「沒問題，拜。」

31

一直到我把借來的兩本書讀完，喬喬才趕在門禁之前匆忙地跑回宿舍，還帶了三碗豆花，要給我們這群室友當消夜。

「淑姚她們不在？」喬喬一進門就擔心地問我。

「她們去班代那裡串門子，待會兒就回來了。」

「那就好，來吃豆花吧！」

我接過塑膠袋，從塑膠袋裡拿出一碗，打開蓋子，「謝謝喬喬。」

「不客氣。」

我開心地舀了一匙，吃下一口，「喬喬，結果妳向阿至學長告白了嗎？」

喬喬正忙著將包包裡的東西收拾整齊，看了我一眼，「沒有。」

「爲什麼？」

「因爲……我找不到適當時機。」

「就算沒有去看夜景，剛剛阿至學長應該也會陪妳走回宿舍啊！夜間的浪漫校園，就是好時機啊！」

喬喬笑了一下，「喔……當時沒想到。」

「那現在打電話給他！」我放下塑膠湯匙，抓起喬喬放在書桌上的手機。「現在？」

「算了啦！還有機會的。」

「妳的眼睛怎麼紅紅的？」

喬喬又笑了笑，「剛剛在路上，有隻小蟲飛進我的眼睛裡，我弄了好久，最後是阿至學長幫我用衛生紙弄出來的。」

不知道是不是錯覺，喬喬臉上的笑容，看起來好像有那麼一點點尷尬，「喬喬……是不是發生什麼事了？」

「哪會發生什麼事，就只是有點失望啊。」

「眞的嗎？」我不死心地又問了一次。

「眞的，難不成阿至學長會對我怎樣喔？」喬喬又轉過頭，繼續收拾包包裡的發票，「對了，今天在電話中，妳要我轉告給阿至學長的話，我幫妳說了。」

「謝謝妳。」

「阿至學長說，他很替妳開心。」

「眞的啊？」

喬喬點點頭，露出很替我開心的笑容，「不只是阿至學長，我也很開心。」

「我想我不只是因爲看見了顏子樂的努力，另一方面，眞正投入活動的籌備工作後，我發現原來自己也有那種想把活動辦好的動力，而且漸漸發現其中的意義。」

「我了解。」喬喬豎起大拇指，「聽起來，個人成長的部分很棒，那愛情進展的部分呢？」

「愛情進展？」

「對呀！我個人對這方面比較好奇。」

我又吃了幾口豆花，再次放下塑膠湯匙，認眞地看著喬喬，把今天和顏子樂握手言和的經過大致說了一遍。

「這樣聽起來，還滿甜蜜的嘛！」喬喬將發票一張張攤平疊好，放在書桌上，然後挪動了椅子，帶著曖昧的笑容看我，「當初我的預言眞的實現了。」

「什麼預言？」我睜大眼睛。

「之前說你們是『歡喜冤家』，妳還一直要反駁，看吧！被我料中了。」喬喬挑了挑眉，一副很得意的樣子。

「我也不知道會不知不覺喜歡上他嘛……」我嘟了嘟嘴，「喬喬，妳知道嗎？我覺得自己眞的很誇張，好像花痴喔！」

「怎麼說？」

「撇開潛意識對他的感覺不管，今天之前，我還覺得他非常討人厭，但今天和妳在簡餐店聊過，發現自己眞的很喜歡他之後，不管是在圖書館裡，還是和他在路上聊天時，我都會突然發愣起來，突然覺得他的五官很好看、笑容很溫柔、眼神很帥氣……」我嘆了一口氣，「妳說，我這樣是不是很誇張？」

「我覺得比較誇張的不是這些。」喬喬抿抿嘴。

「不然呢？」

「是妳遲鈍到完全沒發現自己對他這麼在乎和在意的心情。」

「嗯……」

「其實不只是我，連阿至學長都看出來了。」喬喬笑了一下，「今天我和阿至學長聊了一下，他是不是告訴過妳，他覺得那次妳對子樂學長會有這麼生氣的反應，是因爲在乎？」

我點點頭，阿至學長說那句話時的表情我都還記得，「當時我根本不相信。」

「所以，我們一致認爲這就是所謂的『當局者迷，旁觀者清』。」喬喬敲了我的頭一下，「而且，雖然我們還沒有得到子樂學長的證實，但我們一樣都認爲子樂學長也很在乎妳喔！」

「是嗎？」我疑惑地看著喬喬。

她點點頭，「憑我準確的直覺，還有阿至學長對子樂學長的了解。」

「我才不信，」我皺了皺鼻子，突然想起今天看見璇璇親密地放在顏子樂腰間的手，「就算是在乎，那也不是喜歡，我怎麼可能比得上璇璇。」

「這麼沒自信啊妳！」

「璇璇可愛得像洋娃娃一樣，笑容甜到可以迷昏人耶。」我開著玩笑，「唉呀！不管了，待會兒再來為我還沒開始就夭折的暗戀哀悼。」

「哪有這麼誇張！那在這之前呢？」

「當然要先吃完這碗好姊妹兼好室友兼好朋友的妳為我買的好吃豆花囉！」

「眞受不了妳耶！」喬喬說完，把書桌上那疊發票整齊地用夾子夾了起來，然後又看著我，「其實，我很為妳開心，也很羨慕妳。」

「啊？」我不解地看著喬喬。

「沒什麼啦。」

「喬喬，不要賣關子啦！」

「眞的沒有，我只是很羨慕妳，因為我的直覺告訴我，我們家小聿啊，應該快要談戀愛囉！」

我揮揮手，「那應該是我羡慕妳才對，我看妳每次都和阿至學長聊得好開心喔！所以，我的直覺也告訴我，妳的『追馬計畫』就快成功了。」

「是嗎……」喬喬笑了笑。

而我看著喬喬，不知爲什麼，總覺得她的笑容裡帶著一點點的苦澀。

32

在緊鑼密鼓的籌備工作之後，學生會主辦的繪本義賣活動終於登場。活動第一天，輪班照顧攤位的兩位學姊結算下來，光是第一天上午的收入金額，就已經超過前兩年最高收入日的一倍。

「小聿！」教授才剛宣布下課，坐在我隔壁座位的喬喬就拿著手機，興奮地看著我。

我一直又擔心又緊張，偏偏昨晚手機忘了充電，所以一個早上下來，都是靠喬喬替我提供最新戰況，「怎麼樣？有再賣出嗎？」

「雅芬學姊說剛剛又賣出一套書啦！」

「眞的？」我開心得差點跳了起來。

「嗯，妳看……」喬喬將手機拿到我的面前，手指著螢幕，嘴裡唸著簡訊內容，「妳家小聿實在太會選書了。」

「呼！這樣我終於可以放心了。不過，還是希望可以繼續維持下去，畢竟還有好幾天呢！」

「會的，後天換我值班，我肯定會穿上短裙努力叫賣的。」喬喬眨了眨眼，樣子既俏皮又可愛。

「這可是妳說的喔！」

「當然，我的冷靜好友方聿玲可是因爲這個義賣活動，才變得熱情如火耶！我沒有義氣相挺，怎麼說得過去？」

「那下次輪到妳籌備的活動，我也要這樣義氣相挺。」

「我籌備的活動是文學營，妳想嚇壞那些老師啊？」

我看著喬喬扮的鬼臉，噗哧地笑了出來，「不過眞的好可惜喔！要不是這兩天的課都滿堂，而且又都是不能蹺的必修課，不然我眞的好想一直窩在禮堂，隨時觀察義賣的情形。」

「唉呀！別急啦！活動有一個多星期，還有時間。」

「也對。」心裡雖然還是很想去看看義賣的情況，但想想喬喬說的也有道理，於是我點點頭，接受了喬喬的說法。

「對了，小聿，今天晚上我有幾個高中同學要來找我吃飯，所以就不跟妳吃晚餐囉！」

「嗯，好啊！要注意安全喔。」

「會的，那少了我這個電燈泡……嘿嘿，看妳要不要邀子樂學長一起共度晚餐啊？他們應該今天中午就回學校了吧！」

「我自己吃就好了，突然約他也太奇怪了……」我喃喃自語地說著。喬喬的話，讓我想起好幾天沒見到顏子樂了。

和他一起去育幼院之後，隔天一大早他就傳了一通簡訊給我，說他和阿至學長要去外地的一所大學參加校際的足球比賽，最後還不忘在簡訊裡告訴我，義賣活動第一天他就會回來，驗收活動的成果。還說如果成果不理想，他會要求我在開會時向大家承認失敗，再押著我到育幼院去，向院長媽媽道歉。

收到簡訊當下，我並沒有因爲他說要驗收活動成果而不高興，反而因爲他告知行程的舉動，而有淡淡甜甜的感覺。不過，仔細想想，這只是一通簡單的訊息而已。

「小聿，一講到子樂學長，妳就發起呆啦？」

我立刻尷尬地笑了，「只是想到他傳的簡訊啦，對了，那阿至學長也回來了，妳打算什麼時候要告白呀？」

「再說囉！」喬喬又迴避了這個話題。

「再說？」我飆高了音調，「我認識的李雨喬對愛情不是最積極的嗎？」

喬喬吐了一大口氣，「我的意思是……總要找個適當的時機吧！」

「好，那我再幫妳製造機會。」我說得胸有成竹，「像上次那樣。」

「不用啦！」

我覺得喬喬反應好像太大了一點，「爲什麼？」

「呃……」她停頓了幾秒，「告白這種事，人家想在浪漫一點的場合進行嘛！像是在戶外看夜景啦，看星星啦之類的。」

「原來如此。我還以爲妳不喜歡阿至學長了。」

「教授來了啦！」喬喬挑著眉，小心地指著教室前面，然後坐直身子，一副準備認眞上課的模樣。

33

下課之後，喬喬直接前往火車站和她的高中同學會合。我原本想到學生餐廳買自助餐，帶回宿舍吃的。看看手錶，雖然知道今天的活動應該已經在一個小時前結束，終究還是忍不住想繞去禮堂，看看値班的夥伴們是不是還在那兒。

於是，我一邊走進學生餐廳，心裡又開始陷入兩難的猶豫，心想就算活動結束了，還是很想去碰碰運氣，看看還有沒有人在。

我快走到禮堂時，有人叫住了我，「小聿！」

我轉身，看見阿至學長往我這裡跑過來。於是我開心地揮了揮手，「阿至學長！」

「小聿，妳要去禮堂嗎？」阿至學長很快地跑到我面前。

「對啊！」我不好意思地笑著，「雖然已經結束將近一個小時了，可是還是想過去看看。」

「我聽喬喬說妳這幾天都很緊張，尤其是今天。」

「你的消息也太靈通了吧？」我睜大眼睛，驚訝地看著阿至學長。

「我剛剛撥過妳的手機，因爲都轉入語音，所以就撥給喬喬了。」

我抓抓頭，「因爲昨天晚上忘了充電，今天又是一大早的課，對不起。」

「沒關係，那我和妳一起去看看，說不定小墨他們還在那裡。」

「好啊！」

「走吧！」阿至學長拍拍我的肩，然後和我一起往禮堂走去。

「這次的比賽結果如何？」

阿至學長溫柔地笑了，然後豎起大拇指，「冠軍囉！」

「眞的假的？」

「當然是眞的，昨天的冠軍賽，多虧阿樂踢進關鍵的一球，讓我們反敗爲勝啦！」

「關鍵性的一球……」聽了阿至學長的話，我的腦海裡浮現有一回姊姊在看電視轉播的球賽時，一個足球員將球踢進球門的英姿。

「怎麼了嗎？」

「沒有啦，我在想像記憶中球員射門的畫面。」

「妳沒看過現場球賽？」

我不好意思地笑著，「別說是沒現場看過，就連電視的球賽轉播，我都沒完整看完過。」

「雖然我們的等級，和電視轉播的球賽差很多，但是下次還是很歡迎妳和喬喬一起來看我們的球賽！」

「嗯。」

「也許，在足球場上，」阿至學長突然放慢了腳步，「妳會發現更不一樣的阿樂。」

「不一樣的顏子樂……是因爲足球賽和學生會性質完全不同的關係嗎？」

「可以這麼說，在球場上的阿樂，可是擁有很多粉絲的萬人迷喔！」

「萬人迷？」我輕輕哼了一聲，故意挑高了眉，「從同樣是萬人迷的人口中，聽到他稱讚另一個人是萬人迷，我不知道應該怎麼應對耶！」

他哈哈地笑了兩聲，「那就聳聳肩，假裝沒聽到，繼續往前走。」

「那我就照做囉！」我模仿軍人踩著大大的正步往前走了兩步，突然想到要勸喬喬告白的事，「對了，阿至學長！」

「嗯？」

「既然你們拿了冠軍，那我和喬喬一定要幫你們慶祝一下。」我帶著誠懇的微笑。

「好啊！」

「不然我們約個大家都有空的晚上，吃完晚餐之後，再一起去看夜景。」

學長先是點點頭，眼神裡好像閃過了什麼情緒，但還是慢慢地向我走近，停頓了幾秒，才又看一看走在他身旁的我，「小聿……」

「嗯？」

「請不要再撮合我和喬喬了，好嗎？」

阿至學長的話，讓我的心漏跳了一拍。我停下腳步看著阿至學長，他也停下了腳步。「學長？」

「其實，我很早之前就大概猜出妳爲什麼總是刻意製造喬喬和我獨處的機會，又有意無意問我有沒有喜歡的人的原因了。」他無奈地笑了笑，「喬喬沒有把那天的事情告訴妳嗎？」

「哪天的事？」我的心跳又再漏了拍。

「看電影那天。」

我搖搖頭。

「我沒有接受她的告白。」

沒有接受喬喬的告白？

在這一刻，我終於想通爲什麼最近每次對喬喬提到向阿至學長告白的事，一向積極的喬喬總是顧左右而言他。原來，那天晚上她已經向阿至學長表明她的感覺，只是，只是……

「喬喬爲什麼沒有告訴我……」好多的問號瞬間向我襲捲而來。依照我對喬喬的了解，她對愛情這麼積極執著，又這麼堅強、敢愛敢恨，應該不可能只因爲告白不被接受就隱瞞我的。只是，這麼多天以來，我提了這麼多次告白的事情，爲什麼喬喬始終沒有透露隻字片語呢？

想著，原本漏了幾拍的心跳突然愈跳愈快、愈跳愈快……

我呼了一口氣，想盡量讓自己的情緒緩和下來，「喬喬是個很棒的女孩啊。」

「小事。」阿至學長嘆了氣，將手放在我的肩上，低頭看著我，「我之前告訴過妳，感情這種事是要看感覺的。」

「這我明白，只是我以爲你們一直很談得來，以爲你們……」

「我一直把喬喬當成一個很好的學妹，甚至是比普通朋友更聊得來的朋友。」

「所以呢？」

「但那不是愛情。」

我看著阿至學長臉上那種無奈又帶了點淡淡憂傷的神情。想起之前阿至學長提過心裡有一個印象不錯的女孩。

「所以，那個你想先暫時保留的答案，不是喬喬？」我皺著眉，心裡苦苦的。

「不是。」阿至學長放開我的肩，撇過臉，好像陷入了難以決定的猶豫裡。最後他低下頭，再次看著我，「我想，喬喬沒告訴妳那天的事，是因爲……」

「因爲什麼？」我睜大了眼睛，看著阿至學長。

「因爲那個答案，就是妳。」

從阿至學長口中聽到這個我原本很想知道的答案，此刻知道了，反而開始後悔。我的思緒紊亂得完全無法思考。

阿至學長告訴了我答案之後，我就像魂被抽掉一樣，跟著他走了幾分鐘，最後我因爲暫時不知道該怎麼面對他，只好先打消了到禮堂去的念頭。

「學長……」

「嗯？」

「我突然不想去看攤位了。」

「是因為還沒想好該用什麼態度和我相處嗎？」

我看了他一眼，「對不起，我只是……」

「沒關係，我陪妳走回宿舍吧！」

「不用了，我想暫時一個人靜一靜。」

「小聿……」

「沒事的。」

「那好吧，我回去了。」他嘆了一口氣。

我點點頭，勉強擠出了笑容。我猜我的笑容一定很難看，但除了笑，我實在想不出應該說什麼話或表情來回應他。阿至學長和我道別時，我同樣只能用無力的笑容面對他，然後揮了揮手。

我看著阿至學長離去的背影，心裡因為逃離了和他的獨處而鬆一口氣。但是我暫時還不想回宿舍，最後，仍然決定往禮堂走去。

遠遠看見禮堂的燈似乎還亮著，所以應該還有學生會的成員在那兒。我快快地往前走，才剛走到門口，我就從半掩的門看見了裡頭的擺設。大大的場地裡，擺了好多的書，就像是小型的書展一樣，而牆上鮮明的海報更是點綴了熱鬧的氣氛。記得昨天大夥兒一起布置完畢那一刻，我的心情是多麼愉悅，聽到今天成績不錯的回報時，也一直充滿了一百分的成就感。但此刻，我看著自己和大家的努力成果，心情卻不再像昨天那麼快樂。

我推開門走了進去，原以爲會看到雅芬學姊，沒想到撞見璇璇正細心地幫顏子樂包紮傷口，還有倪芳坐在一旁看書的畫面。

我闖入了他們的世界嗎？

我偷偷地問自己，因爲不知道該悄悄離開，還是假裝若無其事地和他們打招呼。此刻的心跳速度，好像隨著我的不知所措而不斷加快。正當我往後退一步，顏子樂正好抬頭看見了我，「小聿！」

「嗨，我還以爲只剩雅芬學姊在這裡呢！」我尷尬地笑著，暗自希望顏子樂沒有看見我剛剛想要悄悄離開的糗樣。

「學姊才剛離開而已。」璇璇拉著顏子樂的手，看了我一眼，帶著她的招牌笑容告訴我。

「好了嗎？」顏子樂先是問了璇璇，體貼地等璇璇點點頭，他才站起來，走到我面前。「所以，現在是主辦人來驗收義賣第一天的成果囉？」

「沒錯。」我聳聳肩。

「恭喜妳，不僅沒有輸給當時的我和阿至，還狠狠把我們甩在後頭。」

「哪、哪有。」看一眼顏子樂手上的繃帶，我勉強擠出笑容。有點擔心此刻的表情過於難看，於是我假裝轉過身，把放得不整齊的繪本重新擺好，「原本想來找雅芬學姊的，既然學姊不在，那我就先離開了。」

「這麼急著走？」顏子樂問我。我不由自主地又瞄了一眼那繃帶，覺得好刺眼。

我沒有把藉口說完，最後只是點了點頭，「上了整天的課，有點累了。」

「那好吧。」顏子樂抿抿嘴，「妳先回去休息。」

「嗯，拜拜。」

「對了，小聿！」

「嗯？」

「我今天打了幾通電話給妳，但妳一直沒開機……」

「我忘了充電。」我尷尬地笑了一下，餘光瞄到倪芳和璇璇那種好像不太善意的眼神。

「那妳現在要回宿舍嗎？」

「暫時還沒有吧！」

「那妳……」

「我沒有特別要去哪裡，現在只想一個人。」

「不然，妳到學生會辦公室等我？」

「我……」因爲擔心會在那兒遇到其他人，我猶豫了一下。

他好像知道我心裡在想什麼，從口袋裡拿了一串鑰匙，「那裡現在沒有人。」

我遲疑了一下，「喔。」

「我先把剛剛雅芬給我的報表記錄一下，等我半小時，我有東西要給妳，好嗎？」

他拿起桌上的便條紙，迅速寫下一串英文字母與數字夾雜的字，「我的筆電就在我桌上，無聊的話可以使用，這是密碼。」

看著他深邃的眼睛，我本來想拒絕的，竟然不由自主再次乖乖聽從了他的命令，接過了他手上的鑰匙以及那張便利貼。

34

走進學生會辦公室，我坐在會議桌前，想了好多好多的事。

阿至學長今天向我表明心意時的臉，始終在我的腦海揮之不去，此刻的心情，不但糟糕到一個徹底的地步，還混亂到無法思考。

我想起喬喬逛夜市回到宿舍那天，我邊吃著豆花邊和她聊天的畫面。當時我只顧著詢問她為什麼沒有告白，還遲鈍地相信她的藉口，以為眞如她所說的，是找不到適當的機會。最不應該的是，我竟然還一味地分享自己和顏子樂握手言和之後的相處點滴，完全忽略了喬喬的心情。

我將下巴靠在桌上，想著這幾天來，每當我向喬喬提及告白的事，喬喬臉上就會露出不自在的表情。

方聿玲，妳怎麼會這麼遲鈍？既然發現喬喬不對勁，為什麼不會選擇打破砂鍋問到底？妳這樣還算是喬喬的好朋友嗎？

在這時候，我竟然又想起了阿至學長。

天啊！現在是什麼狀況！為什麼好像所有麻煩的事情都向我襲來，為什麼……

「我以為妳睡著了。」

我趴在桌上，背對著門，聽見顏子樂的聲音，嚇了一跳，坐直身子。「嚇我一跳。」

「我剛剛有敲門喔。」

「是嗎？」我懷疑地瞇起了眼。

「妳可以調監視器畫面確認。」

顏子樂溫柔地笑了笑，走到我身邊，拉開我身旁的椅子，「心情不好喔？」

「什麼？」

「喜怒哀樂全寫在臉上，太明顯了。」

傻傻地看著他幾秒，不知怎麼搞的，我竟紅了眼眶，眼淚一滴一滴掉下來。

他皺了皺眉，將臉湊近我，「我就知道有事，怎麼了？」

我搖搖頭，發現此刻自己說不出半句話，一想要開口就不斷地流淚，只是不停地擦掉眼淚。

他抽了一旁的面紙，體貼地先幫我擦拭臉頰上的淚水，接著在將面紙放在我的手上，「活動辦得這麼成功，還有什麼好難過的？」

「顏子樂……」我吸吸鼻子。

「妳已經打敗當時的我了，還哭成這樣？」

我看著他，「你什麼都知道對不對？」

「嗯？」

「阿至學長告訴我，他早就知道我每次刻意製造喬喬和他相處的機會，喬喬卻不是他心裡喜歡的人，我……」話說到一半，不斷湧出的淚水，又再次讓我哽咽得無法繼續說下去。

「我知道他喜歡的人是妳。」顏子樂露出很溫柔的笑容。

我雙手摀著臉，因爲顏子樂的話而震驚，「原來你眞的知道。」

「我對阿至這麼了解，早就看出來了，再說，後來他也親口承認了這件事。」顏子樂伸出手，用他修長的手指爲我拭去淚水，「其實我們聊過，呃……關於妳的事。」

「什麼關於我的事？」

「阿至主動找我聊的。就在我帶妳育幼院去隔天，練完球之後的空檔，他突然問我是不是喜歡妳。」顏子樂苦笑了一下，「他告訴我，他很想要有機會對我說『嘿！公平競爭吧』，但他說他連站上起跑線的資格都沒有。」

聽著顏子樂說這些話，想起了阿至學長臉上閃過的憂傷，心裡有一股很沉重的情緒，「都怪我，因爲我的遲鈍，無形中傷害了兩個人，仔細想想，每一次當我想撮合阿至學長和喬喬，當我一廂情願地想替他們製造獨處機會的時候，他原來早就察覺我的用意了。現在想想……當時的他心裡一定很難受……」

我摀著臉，眼淚從指縫中掉落，「而且我眞是個大笨蛋，自以爲和喬喬默契十足，自以爲是最了解喬喬的，但我竟然連喬喬的心事都沒發覺！」

「別想這麼多，」他更靠近我，用一種很溫柔的語氣說著，「我相信不管是喬喬或是阿至，他們都沒有責怪過妳。」

「可是，可是……」

顏子樂的手輕輕地放在我的肩上，溫柔地看著我，對我露出迷人的笑，「不信的話……妳看。」顏子樂的眼睛，因爲笑容而微微瞇起。

我順著他指著大門的方向看去，竟看見喬喬和阿至學長捧了個大蛋糕走進辦公室。喬喬走到我面前，先指著我，再指著顏子樂，「要當人家女朋友的人了，連自己男朋友的生日都不知道，會不會太過分了點？」

「我……他……哎喲！這到底是怎麼一回事？」我驚訝地看著他們三個。

「怎麼回事喔？」阿至學長給了我一個溫和的笑，將手上的蛋糕放在我面前，「就是這麼一回事。」

我又哭又笑地看著眼前的蛋糕，奶油上面擺設的小型字卡寫著：

顏子樂的三個生日願望，都是希望方聿玲能夠知道顏子樂喜歡她。

「所以你們早就串通好了？」我的鼻子再次發酸，眼眶好像再一次覺得熱熱的。

「當然。」

「所以，這就是你在禮堂時說要給我的東西？」

「嗯。」顏子樂溫柔地笑了。

「你們眞的很壞耶！」

「不這麼壞，怎麼能報破壞我『追馬計畫』的仇呢？」喬喬眨了眨眼，可能是看我又認眞起來，她立刻噗哧地笑了出來，「開玩笑的啦！我們可是好姊妹耶，我怎麼可能因爲這種事情和妳鬧僵。」

「喬喬……」我拉著喬喬的手，「對不起，是我太遲鈍，竟然完全……」

「方聿玲！這種事情，沒有什麼好說對不起的，感情本來就不能勉強啊！」喬喬給了我一個很溫暖的擁抱，拍拍我的背，「妳忘了我李雨喬一直以來都是敢愛敢恨的嗎？」

「嗯……」

「阿至學長是很不錯，但我李雨喬也很有行情啊！」喬喬帶著微笑看著我。

「我只是覺得十分過意不去，我竟然沒有察覺到妳的心情，還在那天晚上和妳講了這麼多……」

喬喬笑了笑，打斷了我的話，「講了這麼多關於妳和子樂學長的甜蜜嗎？」

「不是甜蜜啦！」

「開玩笑的，妳眞的別想太多，我沒有怪妳。」

「謝謝妳。」

「別謝了，今天的主角是子樂學長耶！可不是我們的談心時間。」喬喬俏皮地指著桌上的奶油蛋糕。

「對呀！」阿至學長也坐了下來，「壽星的三個願望，就看妳願不願意幫他達成囉！」

給了阿至學長一個笑容後，瞥見顏子樂手上的繃帶，我突然想起璇璇溫柔爲他包紮的模樣，「字卡上的名字，是不是應該要改成璇璇啊？」

顏子樂哈哈地笑了兩聲，接著出乎我意料地拿起蛋糕上的卡片，故意喃喃自語起來，「對喔……我怎麼會寫成方聿玲呢？」

「喂！」我瞪大了眼睛，又氣又好笑地瞪著他。

「哈！我應該要寫『親愛的方聿玲』才對。」

「你眞的不是普通的討厭耶！」

「我有多討人厭，妳不是在認識我的那天起就已經知道了嗎？」

我瞪了顏子樂一眼，想起之前自己總說他是不折不扣的討厭鬼，「你知道就好。」

「小聿，妳又岔開話題了，妳到底答不答應子樂學長啦？」喬喬曖昧地看著我，眼睛睜得大大的。

「我……」其實很想回答喬喬，甚至告訴大家我心裡肯定的答案，但我又因爲瞥見顏子樂手腕上的繃帶，想起了笑容像洋娃娃一樣可愛的璇璇，也同時想起了剛剛在禮堂時，璇璇親暱地爲顏子樂包紮的情景。

「嗯？」顏子樂認眞地看著我。

「妳怎麼樣？」喬喬追問著。

「我……璇璇她一直都很……」我先是看著顏子樂，後來看著喬喬，給了她一個爲難的眼神。

「璇璇？那妳就更不用擔心了。」喬喬和我默契十足，笑了笑，然後拍拍顏子樂的肩，「子樂學長，這個你自己解釋吧。」

「解釋？」我納悶地看著顏子樂。

「妳知道我爲什麼要妳先到這裡來等我嗎？」

我想了想，「你不是說要先整理一下報表？」

「除此之外，是我覺得有必要在向妳告白之前，和璇璇說清楚。」

「嗯？」

「我知道妳一定會在意璇璇，所以……」顏子樂笑著，「在告白之前，我要先讓她知道我喜歡的是方聿玲。」

「顏子樂……」我看著他，眼眶又再次盈滿了感動的淚。

原來，我擔心璇璇的心情，他都知道。

原來，我沒說出口的事情，他都懂。

「小聿，現在可以接受阿樂的告白了嗎？」阿至學長也帶著微笑問我。

「誰要答應他這個討厭鬼的告白……」我瞪了顏子樂一眼，雖然眼裡還有淚，卻忍不住笑了出來。

然後，我立刻站起身，用手指挖了一下奶油，將奶油沾在他帥到不行的臉上。

也因此，開始了四個人的奶油大戰。

35

「你要帶我去哪裡啊？」探完喬喬的班，顏子樂牽著我的手，帶我離開禮堂。

「足球場。」

「足球場？」我疑惑地看著他的背影，「阿至學長不是說這幾天休兵嗎？」

「對啊！」

「那我們爲什麼要去足球場？」

「先別問，來！小心……」他體貼地停下腳步，提醒我要小心地跨過矮欄杆。確定我成功跨過了，才繼續拉著我往前走，直到走到足球場的正中央，他才停下腳步，「就是這兒！」

「這裡？」

「嗯。」

我放開他的手，往前走了兩步，然後徐徐的微風吹來，我情不自禁張開雙臂，讓夾雜了青草味道的微風輕輕吹拂著我的臉。

「好舒服喔！」我開心地說，又轉了一圈。

「足球場，是我上大學以來最喜歡的一個地方。」

「嗯……」

「因爲愛上足球，所以也愛上了這裡。」他溫柔地看著我，「所以……」

「所以怎麼樣？」

「所以，一定也要帶我喜歡的人，到這個我最愛的地方。」

我抬起頭，看著眼前這個我好喜歡的男孩，因爲感動，有一種好想哭的衝動，「顏子樂……」

「對了，這給妳。」

我看著，發現自己一路上完全沒注意到他手上還提了個袋子，「這是什麼？」

他笑笑地說：「送妳的禮物。」

我疑惑地皺著眉，從袋子裡拿出他口中的禮物。映入我眼簾的，是一個全新的淡藍色保溫瓶，和我上回從樓梯口往下掉的保溫瓶一模一樣。

「這個……」

「是我們的開始。」他笑容裡的溫柔好滿好滿，他體貼地將我被風吹亂的髮絲勾到我的耳後，再將保溫瓶放回紙袋裡，「還有這個……」

「嗯？」

他從口袋裡拿出了一只小小的獎牌，溫柔地替我掛在脖子上，「從這個獎牌開始，以後的每個冠軍，都由妳保管。」

我握住垂在胸前的金色獎牌，彷彿感覺到他殘留的掌心溫度。我感動的眼淚終於忍不住掉了下來。

而他伸出手，把我拉進他懷裡，緊緊地抱住了我，「這也要哭，傻瓜……」

「顏子樂……」

「嗯？」

「爲什麼你會喜歡我？一開始，你不是和我討厭你一樣討厭我嗎？」

「嗯。」他撫著我的髮，「也許是因爲看見妳的認眞和投入，也許是因爲在妳籌備活動時，我看見了自己以前的影子，也許是因爲感覺來了……」

我緊緊地抱著他，「那是從什麼時候開始的？」

「眞正確定自己的心意，是在不滿意妳的計畫書，把妳罵哭的那天。」他用他溫柔的嗓音說著，「那一刻，我才眞正發現，看妳忍住不哭的樣子，我眞的很心疼。」

他的話，讓我想起那天在辦公室時，他毫不留情的樣子，以及那天他叫阿至學長來安慰我的事，「對了，有件事我好像一直沒問你。」

「什麼事？」

「爲什麼那天你會打電話給阿至學長，叫他來找我，而不是……」

「不是我自己去找妳嗎？」他溫柔地拍拍我的頭，「因爲我一直以爲，爲了阿至加入學生會的人是妳。」

「啊？」

「也許是因爲這樣的誤解，當時才會更看不慣妳爲了其他目的而加入學生會。」

「原來……你這個竊聽狂，話只聽一半，難怪之前你還說什麼阿至學長的話我比較聽得進去。」我輕輕地哼了一聲，突然明白爲什麼每次和他聊到有關阿至學長的時候，他好像總有一點點欲言又止。

「不過這一切……」他把我摟得更緊了些，「還好只是誤會。」

「嗯……」我也輕輕地笑了。

「所以，努力辦好活動是因爲我嗎？」

聽著顏子樂很故意的語調，我忍不住反問，「顏子樂先生，你現在是在吃醋嗎？」

「妳說呢？」

「是的，當然是因爲你，從頭到尾都是因爲你啊！」

「從頭到尾？」

「嗯，」我微微地點了點頭，「一開始，是因爲不想輸給你，後來當我發現自己喜歡你之後，我才發覺原來我付出的一切努力，其實是想讓你看見我，而且……看見了你貼在筆記本上的便利貼，我眞的想更努力，成爲值得你喜歡的女孩。」

「小聿……」他又緊緊地抱住了我。

我貪婪地偎在他厚實的胸膛，感受他的心跳，然後抬頭看著藍色的天，「你看看天空，好藍的天喔……」

「是啊！」他也跟著抬起了頭，和我一起望著有幾片白雲點綴著的天空。

「以前總覺得藍色就是不開心，就是憂鬱。」

「那現在呢？」

「現在我覺得，它給人一種很奇妙的感覺，是一種……」我故意愈說愈小聲。

因爲想聽清楚我的話，於是他微微低下了頭，「是什麼？」

「是一種好開心，可以好好喜歡你的心情。」

說完，我踮起腳尖，趁機親了他的嘴唇一下，接著想轉身逃跑。但我忽略了這裡是他再熟悉不過的地盤，我才跨出了第一步，就被他從後方拉住。接著他走到我面前，看著我，延續了剛剛被我偷來的吻。

【全文完】

國家圖書館出版品預行編目資料

天很藍，喜歡很深 / Micat著. -- 初版. -- 臺北市：
商周，城邦文化出版；家庭傳媒城邦分公司發行，
民 101.07
面 ； 公分. --（網路小說；200）

ISBN 978-986-272-209-1（平裝）

857.7 101012637

天很藍，喜歡很深

作　　者／Micat
企畫選書人／楊如玉、陳思帆
責 任 編 輯／陳思帆
版　　權／翁靜如
行 銷 業 務／朱書霈、蘇魯屏
總 編 輯／楊如玉
總 經 理／彭之琬
發 行 人／何飛鵬
法 律 顧 問／台英國際商務法律事務所　羅明通律師
出　　版／商周出版
台北市中山區民生東路二段 141 號 9 樓
電話：(02) 2500-7008　傳眞：(02) 2500-7759
blog：http://bwp25007008.pixnet.net/blog
email：bwp.service@cite.com.tw
發　　行／英屬蓋曼群島商家庭傳媒股份有限公司城邦分公司
聯絡地址：台北市中山區民生東路二段 141 號 11 樓
書虫客服服務專線：(02) 25007718・(02) 25007719
24小時傳眞服務：(02) 25001990・(02) 25001991
服務時間：週一至週五09:30-12:00・13:30-17:00
郵撥帳號：19863813　戶名：書虫股份有限公司
讀者服務信箱 email：service@readingclub.com.tw
城邦讀書花園網址：www.cite.com.tw
香港發行所／城邦（香港）出版集團有限公司
地址：香港灣仔駱克道 193 號東超商業中心 1 樓
email：hkcite@biznetvigator.com
電話：(852)25086231　傳眞：(852) 25789337
馬新發行所／城邦（馬新）出版集團 Cité(M)Sdn. Bhd.
41, Jalan Radin Anum, Bandar Baru Sri Petaling,
57000 Kuala Lumpur, Malaysia.
電話：(603) 90578822　傳眞：(603) 90576622
email:cite@cite.com.my
版 型 設 計／小題大作
封 面 插 圖／文成
封 面 設 計／山今伴頁
電 腦 排 版／浩瀚電腦排版股份有限公司
印　　刷／高典印刷有限公司
總 經 銷／高見文化行銷股份有限公司
電話：(02)2668-9005　傳眞：(02)2668-9790
客服專線：0800-055-365

■ 2012 年（民 101）7月5日初版
■ 2014 年（民 103）9月5日初版3.5日
Printed in Taiwan

定價 / 180元

ISBN 978-986-272-209-1

商周出版

廣 告 回 函
北區郵政管理登記證
台北廣字第000791號
郵資已付，免貼郵票

104台北市民生東路二段 141 號 2 樓

英屬蓋曼群島商家庭傳媒股份有限公司　城邦分公司

請沿虛線對摺，謝謝！

商周出版

書號：BX4200	書名：天很藍，喜歡很深	編碼：

請於此處用膠水黏貼

商周出版

讀者回函卡

謝謝您購買我們出版的書籍！請費心填寫此回函卡，我們將不定期寄上城邦集團最新的出版訊息。

姓名：________________________ 性別：□男 □女

生日：西元__________年__________月__________日

地址：________________________

聯絡電話：________________ 傳真：________________

E-mail：________________________

學歷：□1.小學 □2.國中 □3.高中 □4.大專 □5.研究所以上

職業：□1.學生 □2.軍公教 □3.服務 □4.金融 □5.製造 □6.資訊

□7.傳播 □8.自由業 □9.農漁牧 □10.家管 □11.退休

□12.其他 ________________

您從何種方式得知本書消息？

□1.書店 □2.網路 □3.報紙 □4.雜誌 □5.廣播 □6.電視

□7.親友推薦 □8.其他________________

您通常以何種方式購書？

□1.書店 □2.網路 □3.傳真訂購 □4.郵局劃撥 □5.其他________

您喜歡閱讀哪些類別的書籍？

□1.財經商業 □2.自然科學 □3.歷史 □4.法律 □5.文學

□6.休閒旅遊 □7.小說 □8.人物傳記 □9.生活、勵志 □10.其他

對我們的建議：________________________

____

____

____

____

請於此處用膠水黏貼